广 雅

聚焦文化普及,传递人文新知

在地球上
ZAI DIQIU SHANG

图书在版编目（CIP）数据

在地球上：春树旅行笔记 / 春树著. --桂林：广西师范大学出版社，2023.3
（春树作品系列）
ISBN 978-7-5598-5806-1

Ⅰ．①在… Ⅱ．①春… Ⅲ．①游记－作品集－中国－当代 Ⅳ．①I267.4

中国国家版本馆 CIP 数据核字（2023）第 022022 号

广西师范大学出版社出版发行
（广西桂林市五里店路 9 号　邮政编码：541004
　网址：http://www.bbtpress.com）
出版人：黄轩庄
全国新华书店经销
广西昭泰子隆彩印有限责任公司印刷
（南宁市友爱南路 39 号　邮政编码：530001）
开本：787 mm ×1 092 mm　1/32
印张：10.25　　　　字数：170 千
2023 年 3 月第 1 版　　2023 年 3 月第 1 次印刷
印数：0 001~5 000 册　定价：58.00 元
如发现印装质量问题，影响阅读，请与出版社发行部门联系调换。

献给父亲

幼年在老家的院子里,抱着洋娃娃,身后是粉白色的蔷薇花

我曾被彩虹罚下地狱,

　幸福曾是我的灾难,

我的忏悔和我的蛆虫:

　我的生命如此辽阔,

以至于不能仅仅献给力与美。

　　　——兰波

大半个晚上我看书,冬天我到南方。

——T. S. 艾略特

I did it my way

加上这篇再版前言,这本书居然有六篇前言。这是我完全没想到的。初版时,我邀请了三位朋友分别写了前言,我自己写了一篇,感觉没写透,又补充了一篇。这次再版写前言,就有了六篇。这么高规格的前言,我还只在数次再版的俄罗斯小说里见过。

这本书讲的是各式各样的旅行,即使是坐在家里跟朋友看电影,也像共同经历一场内心的旅行。最后一篇写得我最伤心,出版前我曾想过要不要去掉这篇,前面所有的文章都没有悲伤之情,全部是"朗笑明月,时眠落花",只有这篇不一样,但考虑到要保持真实,我还是保留了下来。这次再版,因故删去《一次效果绝佳的爱国主义苦旅》等几篇,等以后有机会再恢复,其他尽力保持原貌。

半夜给这本书写前言的时候，我戴着耳机听歌，突然听到了许久没听过的邦乔维（Bon Jovi）的 *It's My Life*，其中有一句是"Like Frankie said 'I did it my way'"，弗兰克（Frank）的这首歌叫 *My Way*，许多人和乐队都翻唱过，我也听过许多遍。我就是应该用自己的方式，走自己的路。

想起我的丝绸之路之旅，当时没怎么写文章，倒是写过一首诗：

在黄河边喝茶所见

坐在对面椅子上

穿柠檬绿色背带裤的小男孩

向我们看过来

脸蛋红红

他妈妈

头戴石榴红丝头巾

背对而坐

一个赤裸上身的汉子

在教他的小女儿骑自行车

他们住在这里

黄河从身边流过

黄河属于他们

我们只是客人

多年后我写了另一首诗《麦盖提》：

哥们说

他去过麦盖提

过了三个月神仙日子

我没听说过这个名字

原来它在新疆

我们提起了内蒙古

甘肃

宁夏　青海

大漠金戈铁马

诸如此类唐诗

我曾去过丝绸之路

住在五星级酒店

(主办方请的)

但我没有半夜起来看月亮

也没有这个念头

那我为什么突然在

微信上跟他

说

"起来看月亮"

2019.12.25

幸甚至哉！歌以咏志。

最后感谢广西师范大学出版社编辑及读者，以及初版时的编辑及出版社，在此一并感谢。有你们的陪伴，我才不致落入庸俗，才能继续追寻我的光和灯塔。

春树

2022.7.23

记春树

写作的内核

作为一个文字扫雪工作者,我想说的是,这些年我曾看过的大部分作品的作者,尤其是在我入行编辑的前几年看过的几乎所有青春文学作品的作者中,春树老师是唯一的至今仍用青春的状态来写作的人。青春易逝,我们无法留住十七岁或者任何一段时光,但是我们可以用文字记录下这一切。时光或许前进了五年、十年,但是,春树的文字却依然保持着强烈的个人特色。

这些年以来,我一直享受着最先读到那些文字的特权,这其实非常非常难得。有个傍晚,在北京特有的那种灰色空气中,我在她的工作室,她给我看那些文字。她在一边一语不发地看着书,而电脑的光标下,那些文字仿佛让我又回到了那些只有文字陪伴的岁月。和我认识的大部分作家不同,她至今依然保持着极其旺盛的阅读需求,阅读量非常大。我认识很多藏书家,但真正的读书者却寥寥无几;而在她杂乱的工作室中,最多的就是书,这些是她生活中的主题。

对于常人而言,写作或许只是年度总结,或许只是微博里面的那一百四十个字;但是对于以文字为生命的人而言,写作就是他们的本能。这种出于"本能"的写作基本上有两种:一种是受利益驱动,为了钱而写作;另一种就是纯粹为了自我而写作。春树属于后者。她写作时需要绝对安静,也不能有任何人在场,至少作为她工作室的常客,我从来不曾看过她写作。本来,写作这事也没什么可观赏的。她会把自己静静地放在一个没有人打搅的时空的角落,写着什么。

我几乎读过她的所有作品,包括公开的、待公开的,以及那些她从来不想发表的东西。这些,归根到底,是源于生活。你的生活决定了你的文字。多年前,我的编辑老师就曾告诉过我,要和你的作家保持距离,这样你才能更好地欣赏他们的作品。在我和大部分作家保持距离的时候,只对一个人做不到这样,那就是春树。我们曾经历过一样的残酷青春,在某种意义上,你永远无法做到的就是拒绝和你的灵魂对话。

写作这事,其实是非常奢侈的,因为作家本身就是一个奢华的角色。活成一个作家其实非常难。那日,我们在工作室里聊人生,她接到一个电话,某城市地产的开业邀请。春树婉转地拒绝了,之后她对我表示:不是所有的活动都要去参加的,因为要尊重作家这个头衔。一旦你去了一个,就会有一百个找上来。她拒绝了无数看上去能赚钱的商业合作,因为她只想安静地写作,安静地做一个作家。

旅行的意义

多年前,春树在她的小说里提到过:那是她第一次坐飞机,她要去哪哪哪。后来,几乎在她每一次旅行前,我们都要见一下,美其名曰"饯行";回来之后的第一时间,也要见一下,听她讲讲那些旅行中的事情。春树是一个喜欢自由的人,她总是在旅行中获得灵感。

她工作室里的凌乱大部分来自旅行中买的东西,它们堆满了她那朝南的房间。她开始写大量的游记，但在读到游记之前，往往我会先一步看到那些从国外传来的彩信或者邮件。她会很渴望和人分享旅行中的那些乐趣。当然大部分时候，如果她遭遇了一个不良旅伴，那么她的整个心情都会坏掉。后来我渐渐发现，只有在国外的她才是真实的。作为一个矛盾体，她往往一离开北京，就又开始想念，絮絮叨叨，没完没了。等她回来，过了两天新鲜劲，又想往外跑。

旅行，已经渐渐成为她最近两年的主题。我最喜欢的就是她从国外带回来的那些好玩的东西，有时是一个印着我热爱的卡通形象的本子，有时是二手店里的彩色墨镜，有时是绽放着的花朵耳环，还有来自好望角的鲜红欲滴的唇彩。对于女人来说，或许这些才是真正的旅行的意义。记忆有的时候会被遗忘，而图片记录下来的只是凝固的瞬间；但，物品可以历久弥新，让人在后来那些苍白的日子里获得力量。

她的大部分奇遇都是在旅行中完成的，但很多东西往往无法付诸笔尖，因为大部分的经历都很私人，就像那些有着特殊记忆的城市，往往只属于一个人或两个人，借助别人写出来总有些不伦不类的感觉。而在她的游记中大部分能分享的内容都很像段子，比如"去华尔街学英语"。她确实是去现实中的华尔街学的英语。但事实是这样的：她在美国报了个学习英文的短期课程，而朋友介绍她住的地方，恰恰就在华尔街。

大部分的游历过程对她而言，都是苦痛的，但不乏闪光的桥段，因此她常常会带回一些奇遇记。几年前，我正在某个地方忙碌，突然接到了她的电话，当时她正在地球的另一边，一个郊区的房子里。她激动地告诉我，她刚刚去了隔壁邻居家游泳，是偷偷进去的，然后我们一起分享了那些无法说出的秘密。旅行，总是给人以未知感，就像她的那个越洋电话，时隔多年，还留在我的记忆里，一直不曾抹去。

邢娜

春树，爱是共同的语言

初识春树，是2005年的春天。我为了追求人生的意义，以流浪的方式走遍了中国各省、区，刚从西南地区的森林里出来。因写作诗歌，狂热地认为文化中的真善美能够拯救人类的心灵，便只身来了北京。我们第一次见面的地点是在她家附近。那时候，她刚登上美国《时代》周刊和《三联生活周刊》封面，被评为"新激进分子"，在年轻人中的影响很大。据一些媒体上的介绍，我本以为她会是像她的诗歌一样锐利，甚至有些冷艳的样子。然而当我按约好的时间，在万寿路的路边等到她时，却只见一个穿着鹅黄色衣裙、面容干净美好的女孩，从路对面的小区里走出来和我打招呼。一下子改变了我的预想。而她自然率真的性格，更是很快让我没有了陌生感。我们在路边简略地谈了几句话后，见天气还是有些寒冷，她就带我去她父母的家里做客。

进入她的房间，门的对面有个电脑桌，旁边是书架，墙壁上贴有一些摇滚乐海报，还有《北京娃娃》的英文版封面。她冲了两杯热咖啡，我们随意地席地而坐，谈论着各自的生活所见，谈论着诗歌和阅读。包括小说。她读过的小说非常多，因我对当代小说兴趣不大，阅读面也极窄，总有些接不上话。但是她的诗歌我是很喜欢的，觉得非常有力量，还兴冲冲地向身边的朋友推荐过。可诗歌是没法谈论的，不同的人会有不同的诗歌观、写作习惯。于是我们就打开电脑，选择一起坐在地板上看两部好电影作为交流，直到晚上才愉快告别。这是我对她最初的印象。

其后，我们很快成了好朋友。我接连和她一起参加过诗会，读过她主编的两种诗刊，还一起和挪威来的电视记者、几个少年作家去KTV里唱歌。不过由于当时我始终对大城市有着一种隔膜，这里没有成片的树木和田野，自然的山水和湖泊，也尚不知如何实现改变社会的理想，所以我只在北京住了大半年就离开了。再次和她相见并深入认识时，是在苏州太湖边的一个寺院。那个时期我们几乎无话不谈，她对我讲起过她在感情中的热情和矛盾之处，同时陆续出版了写真集《她叫春树》和小说《红孩子》。另外，她以前出版过的小说，很多已经很难再在书店里面看到，理由不能详知。所以，在那个困顿的阶段里，她应花了不少精力来调整生活，也开始更着重于去做好自己。

当我在苏州人潮涌动的火车站接到她时，彼此话都不多。我们一起到了我借住的寺院中，由寺里的法师安排了暂住的地方。接下来的几天里，我们在寺院以素食为主，每天上早晚功课，简单生活。临走之前，我的师父给她起了一个法名，"妙霁"。"霁"字有雨过天晴、怒气消除的意思。她说很适合她。因着这个缘由，我们成了师兄妹。我和她讲起一些佛经上的义理时，她常表示很乐于接受，又不完全接受。这让我感受到她非常有主见，她对现实生活的认识是理想化的，却也不脱离于现实世界。但她直接和锐利的言辞风格，这点依然没有变。她在寺院住了几天后，决定返回北京。那是2007年的秋天。离别的当天恰好下雨，正有着送别的感觉和氛围，犹如为了送她，也送别一些过去的青春时光。

2008年初夏，春树和朋友一起旅行，到云南束河古镇来看我。晚上，我们一起在星空下走路，沿着雪山上的融泉流淌成的小河，到正福草堂的水亭里喝茶。在谈及旅途中的风土人情的时候，我感觉到她又有了不少的变化，得知她相继去了朝鲜、德国等地旅行。她在文章中曾风趣地把朝鲜之行比作一次效果绝佳的爱国主义之旅，并写到平壤人的生活："当地人穿得其实挺不错的。女的都是白领丽人，着靓丽的西装裙加丝袜高跟鞋……男的穿中山装、西装或军装。满街没有一个胖子。"如此从一个国家的人的面貌去写一个国家的现状。她还写到朝鲜不允许用相机拍当地人，如果被查出来会被朝鲜警察删掉，所有游客都必须遵守这项规定。直到从朝鲜回到中国地界时，火车上的游客都意识到再没人来禁止了，纷纷拿出相机拍照，她才发现原来想拍就拍的这种普通举动，也是一种相对的自由。——这种在不同文化氛围中的旅行，显然对她的世界观有着直接的影响，对她的自我世界必定也有着不知不觉的革新。

　　这次我们见面的时间并不久，然而彼此都很安静和快乐。随后她和朋友向我告别。我留在了云南生活，她相继又去了一些地方旅行。行走的生活开始在她的人生中占据了很大的比重。2008年四川地震，她去了陇南做援助和采访工作，目睹地震区人们的悲惨状况："地震前人们刚刚迈上致富奔小康的道路，地震后却一无所有，成了赤贫状态。不变的是他们的淳朴、热情、敦厚、良善……那么多人突然消失，还有更多人变得一无所有，自己便没有什么怕再失去。"她说这次灾区之行瞬间让她变得更独立、坚强、善于思索。

一年以后，我再回到北京，偶尔去她家看望她。她正好要作为绿色和平组织的志愿者，参与印尼的雨林保护。因晚上就要去机场，东西太重没法自己提，我和她喝了些茶后，就顺道把她送到了机场。没隔几日，见到她写的拯救雨林的文字，说原始森林遭到破坏，间接引起种种灾难。为什么要不远万里来保护印尼的森林？只因环境的保护是不分国度的，人人有责。如果通过努力可以让我们的生活环境变得美好一些，或者说，至少不要变得更恶劣，那将是一件多么美好的事情！——在这样的行走的起因上，她不仅超越了一般的背包客、探险家们执着于风景和地标的行走意义，而且抛开她作为环境保护志愿者的身份，在个人的旅行上，她其实也有着另一种全新的理念，和更独立、纯粹的视角。

2010年后的大部分时间里，她接着游历了不少地方，包括美国、南非、韩国等。在南非她特意去了开普敦的种族隔离博物馆，在那里她了解过去的"种族隔离"，目睹当地人今时的自由和平等生活，对比残酷的历史，她为他们感到高兴！在美国她则更关注一个国家的政治状况和年轻人的生活方式，她认为相对于中国，美国和欧洲的年轻人更具备单纯享受生活的心态。"不过，中国的年轻人仍是比较优秀的一代，在粗糙、原始、某些方面还是畅快的大环境下，他们承受了许多别的国家的年轻人没有的压力，耐性十足，如果开阔思维，心存大志，再配上锐气，简直是没有对手。"——这点我和她抱持相同的观点。

在人生这条行途中，每做一件有方向、有所践行的事就是一次短暂的旅行。在单纯的旅行中，大部分人往往只是关注购物、美食和风景，这仅仅是一种需求。如果能在旅途中了解各地的历史文化、生活面貌、政治体系，则是一种沉淀人生素养的方式了。以前者方式人人可以去写作，可以去出版，后者则需要纯正的作家的视野。春树正属后者，所以她的行游文字不同于纯粹的景物游记，要比纯粹的景物游记更深刻；也不会类似地理笔记等，要比地理文化更鲜活、有人情味、社会味，这样的写作正是目前所缺少的。只有在追求爱和践行爱的人身上，写作才会拥有这种特性。毫无疑问，春树不但在这个行列之中，并属于其中的佼佼者。尽管她不常对人提及真善美，以及写作"爱与被爱"的目的。但在她行经的许多地方，所遇到的和所发生过了的，都是为着追求好的生活态度、美和善的理念、自由和平等的世界，这本身即是一种爱的传载了。

而爱是人类共同的语言。若单论旅行的此种意义，亦正如她所说的，哪有什么单纯的旅行，她只在乎路上碰到的人和事。旅行只是一个媒介。她赞同"每个人生来就掌握自己的灵魂，是好是坏无须他人认同与否"。她始终一次次地在生活中，审视自己，面对着不同的社会和自我现状，不断创新和改变，渐渐抵达自己内心的深处，又铺展给读者们。当我们放下手中的事，开始去读她走过的历程和故事，她鲜明的人生性格，有着爱的特性的世界观，必会带来不同的碰撞和交流，给我们的成长予帮助。

行者于北京

2011年12月8日

修改于重元寺

致春树

Red is your colour

Pink is mine,

Always, black is yours

White is mine,

Always, always

青春真的没跑走

轻轻松松地我们就把它留下了

这并不是做客

它本属于我们

守护我们这样女孩的精灵

今夜我将为你写首歌

就用木吉他,

我们也来不插电

为了我最好的朋友,春树,春树

我们是怎么 red and pink

为什么青春的精灵会守护我们这样的女孩呢?

因为我们都喜欢 Rock' n' Roll

因为我们都喜欢 Rock' n' Roll

不管谁在哪个舞台

只要你是真正的 good songs' writer

Gia 殿下

自由新生活

《格斗俱乐部》里说：自由就是两手空空、一无所有。它也说了，你穿的衣服并不代表你，你的工作并不代表你，你开的车并不代表你。

自由就是抛弃一切定论。自由是一个动词，与之相配的还有行动。

自由就是在薄雾升起、满天繁星的午夜，裸体跃入泳池，抛弃一切规则和束缚，尽情翱翔的快感。

自由就是年轻、贫穷、心怀梦想的中国旅行者突破一道道关卡，解决一道道难题后，终于打包上路的激情。

自由就是在面对冷嘲热讽时内心一如既往地坚定，在实现理想的过程中心无旁骛，专心致志。"应该等待，只是忍耐。"

自由就是有千百个叛逆的理由。

自由就是古龙小说里对西门吹雪的描写：远山冰雪般孤傲的灵魂，冬夜流星般闪亮的生命。

自由是没有恨。恨是束缚。

自由就是不做附属品。自由就是不会"像蜘蛛网一样轻地附着在他人的生活上"。

自由就是相信奇迹，相信总有人会像烟花一样出现，绚烂、迷幻、光芒万丈。

自由需要争取。奥斯特洛夫斯基说过，没有斗争的生活是不存在的。

自由就是按自己的意愿生活，而不是按照邻居的意愿、领导的意愿、父母的意愿、同事的意愿。

自由是信自己，得自由。

要想得到自由，首先要学会自由思考。

来自石家庄的朋克乐队 Rustic 唱道：China belongs to me.

因为中国，所以成长。

春树

另一篇前言

我的生活还会像以前一样精彩吗?这是我在整理本书期间,有天晚上睡觉前,大脑里突然冒出来的一句话。

我突然想起曾经去过德国魏玛,想起了那年夏天德国的气息,穿着军用式雨衣的我和那时候同样年轻的前男友,我们去拜访他青春时期住过的小城魏玛,想起了魏玛地上的石子路,还有我们睡的硬床铺。我真的去过那里,尽管没有留下一张照片。记忆是不会骗人的,它也许会隐藏起来,突然有一天当它再度浮现,只会在想象中愈加完善。

以后的生活也会和我曾经的生活一样记忆深刻吗?这是我所担心的问题,也是我近些日子整理这本书所得出的疑问。

我爬起来开始改书稿。正如之前的生活是我自己创造的，之后的生活也只能由我自己负责。目前我能做的最正确的事就是赶紧将这本书完成，这些文章和照片也是我小说和诗歌创作的另一侧面，是完全不同的一面。

我不是一个旅行作家，这不是一本旅行书。一直以来都有个疑问：难道是去的地方越多，去的地方越偏，那个去的人就更厉害、更有智慧吗？后来我有了答案：当然不是。只有在这过程中得到的个人感受才是有价值的。否则海就是海、大楼就是大楼、博物馆里的艺术品就只是艺术品而已。旅行对我来说并非呈现而是再度创作：脑海中的精神世界的拼贴，最终达到完整。就像一块块拼图一样。我拼的并不是地图，而是我认为的世界观。

我希望我所看到的都能与我的过去有所汇合或碰撞，就像去美国之前，我都是从电影和书里了解美国，我必须亲自感受一下它与我以前认为的有何不同。有一天我希望去俄罗斯，并不是因为我没有去过俄罗斯，而是因为我渴望看到我喜欢的俄国作家伊万·布宁写到的乡间风景，想看看电影里出现过的红场。

列维–斯特劳斯在《忧郁的热带》里写"我讨厌旅行，我恨旅行家"。我永远不会写单纯的游记或攻略，我在乎的是在旅程中的个人感受，那是无法被复制和取代的。而我的个人经历都那么荒诞，比如我二十一岁的时候去曼谷见网友，结果人家割腕了，不过没死；比如在平壤，我们旅行团里有个男的还想跟我一夜情，一直劝我跟他住一个房间，当然我没答应，倒是佩服那个家伙在朝鲜都色心不减；比如在丽江的时候我和闺蜜去湖边玩，结果回来的路上我一不小心栽到了路边的沟里，胳膊和腿全都被路边的植物扎伤了，把她逗得哈哈大笑；比如约好去台湾旅行，结果我没带护照被中途拦在了香港机场……反正这些实在是没有什么普世意义，全是个人经历。

书中还有一些短文，时间跨度较长，不知道算是随笔还是别的什么，我认为放在这本书里也是合适的——在自己的内心旅行难道就不叫旅行了吗？

春树于北京

2012.6.16

目 录

Part 1　楚山秦山皆白云

你知道 UO 是什么意思？	_2
柏林苍穹与戏梦巴黎	_13
波罗的海的重逢	_36
泰国旅行记	_42
休对故人思故国	_49
孤独是孤独者的通行证	_77
漫漫自由路	_93
"汉城"的雨	_108
"汉城"与我的童年	_125
夏威夷的海	_131
"扭腰国"	_135
爱荷华	_138

越南，熟悉的异国　　　　　　　　　_143

Part 2　明月出天山

拯救雨林　　　　　　　　　　　　_166

Part 3　黄金白璧买歌笑

彩云之南，什么都可以　　　　　　_190

长安，长安　　　　　　　　　　　_195

青春的保定　　　　　　　　　　　_201

世界抛弃我的时候，我就大喊：Music! Music!　_204

我想　　　　　　　　　　　　　　_207

周末晨昏　　　　　　　　　　　　_209

只有精神病才在午夜写诗　　　　　_212

澳门小心情　　　　　　　　　　　_219

在上海"搞艺术"　　　　　　　　_222

给颜歌的信　　　　　　　　　　　_225

Part 4　燃烧的夜晚

情迷游泳池　_228

但求速死，以便重生　_231

不要迷恋哥，哥只是个传说　_233

俄罗斯80后　_236

舞遍全球　_238

Part 5　缪斯本色

全球化的青春　_244

你这么抒情不觉得可耻吗？　_245

买书者　_247

眼影与香水　_250

从一双马丁靴开始　_254

沟壑难填　_257

妇女闲聊录　_260

收藏旧物　_263

灵感何来　_264

每个成年人心里都有一个肮脏的小秘密　　_267

"另"的并非一回"类"　　_269

永远热泪盈眶　　_272

我那个一直在流浪的朋友　　_274

2012，农村往事　　_283

Part 1

-

楚山秦山皆白云

你知道UO是什么意思吗?

那是在挪威斯塔万格的一个摇滚俱乐部里,一个男孩问我的。

我说不知道。因为我们说英语,所以我一直没明白他说的是什么意思,可能是和一部电影有关。

我买下那件小号的蓝白T恤,上面有两个红色的英文字母"UO",二百块钱,真挺贵的。我知道可能再也不会见到他,这辈子。他很随意,又不同于北欧人特有的随和和冷漠,他的随意带点温度(当然也可能是我冷晕了,瞎琢磨的),总之对他很有好感!很想跟他多聊聊音乐,可惜我的英语太差了。

B6说,音乐是世界性语言,可惜小说和诗歌都有本土语言的局限。

甭管什么语言，反正那种看着帅哥却无法对话的感觉太糟糕了。

我和小尹住一楼，浩波住十三楼，他的房间比我们的两个都大，还有浴缸，真是档次不同啊！"人比人，气死人。"浩波得意扬扬地说。于是他的屋以下几天就变成了我们的"据点"，在那里抽烟、喝茶、发牢骚或听京老师谈诗歌。

在挪威，见到了二十年前的"撒娇派"掌门人京不特，丫特逗，还学默默说话的样子："我们诗人要有使命感、责任感……"提起诗人，京不特说，这是他的"过去身份"。

默默太好玩儿了，京不特花了四个小时简单跟我们说了一下上海诗歌的发展史，当然主要讲的是第三代那帮人。上海真是个好玩的地方，特极端，比如商人特别多，但"文革"时，上海小将一夜之间将淮海路的商业广告换成了毛主席语录。

当时上山下乡时，全国行动最快的下乡队伍为上海某中学一群初中生，他们连夜收拾行装，十二小时之内就离开了学校和家乡前往苏北农村插队。（出处：《中国知青终结》）

而上海诗派在80年代也是有名的，具体的我也不太了解，哪天我去上海一定去拜访默默。

我们去挪威的那几天，天气很不好，简直是凄风苦雨，像是"洋插队"。

2004年我第一次出国，就是去挪威参加一个国际诗歌节，同时去宣传一下《北京娃娃》的挪威版。

9月14日，北京时间17：57

此时我坐在飞往哥本哈根的飞机上，想起了小强曾经问过我："大飞机好玩儿吧？"

上次坐的飞机不太大，这次倒挺大。

我昨天晚上看了《大院子女》，一直在想我和X的事，直觉告诉我，我们之间只是友情，或者说是战友的感情。

我的确是个火热但没什么耐心的人。J后来给我打过电话，我也在演出场合见到过他，但我的心中不再有火花。同样，小强也是。

想想，觉得他们都不如我单纯。而这次呢？我说不好，只是觉得我的柔情是有限的。我还是和他当战友吧，别的都不现实。我当然是一个愿意为了爱付出一切的人。那么，我的另一半是谁呢？Y和H结婚了，我也想这样结婚。

真想当兵。

我现在哪怕在报纸上看到军人的形象都会感到很激动。

我想抽烟……

21：36

还在飞机上。已经看了一个半电影了。

9月15日，凌晨2：44

现在在等转机。

在丹麦的哥本哈根机场拿了一大摞当地的报纸。

真庆幸在去机场的路上开通了全球通的漫游，不然哪能这样和朋友随时保持联系呢。

飞机上唯一好吃的东西是红茶。本来我想喝咖啡的，但她看我是亚洲人，便自作主张地帮我倒了茶。

这是我第一次出国，却没有什么激动的心情，和上次去香港大不一样。

头一次看到这么多外国人。

机场的咖啡厅里，远远望去，抽烟的都是亚洲人，真逗。

另一班飞机坐得很爽。人不多，座位没坐满。Y和沈坐在后面一排，我一个人靠窗坐。

飞机在夜空里滑翔，机场闪着五颜六色的信号灯。

太震撼了，太美了，从高处看下面的灯火辉煌，我顿时有了一种90年代电视剧《北京人在纽约》片头中王启明的感觉。那是一种大都市灯火通明、星罗棋布的感觉。巫婆飘过黑色的云，像在童话中。而飞机越飞越高，最终一切变成了黑的。

而我此时正一边喝着橙汁一边听着刘德华的歌。

到挪威后，有一天去了一个阶梯教室或小礼堂，在那里有一些表演，我还给大家读了《北京娃娃》的片段。

因为台下大多是中学生，所以读的是关于学校食堂的一段。

读完、翻译完，下台之前，我走到台前，立正站好，敬了一个标准的少先队礼。

我心里回味着那句游牧人的诗："少先队礼，我唯一纯

上图　挪威书店里的《北京娃娃》与介绍王进喜的书放在一起
下图　与挪威版《北京娃娃》的翻译在一起,她曾于20世纪70年代末在北京学习中文,我们在一起很开心

洁的动作……"

之后参加了一个类似冷餐会的聚会。

一帮人在挪威已故的某大诗人家吃了一顿饭，听说他特别有钱，还听说这房子是他们家夏天才住的……看看我这俗人，关心的就是房子和钱——尤其是作为同行的挪威诗人的经济状况和生活情况。

挪威的环境没得说，太棒了！地上有蘑菇，还有星星点点的野花，我费了半天劲摘了一小把，放在宾馆的小茶杯里。

终于和同来参加活动的上海音乐人B6接上号了。一天晚上，我陪他去一个地下酒吧STING放音乐。他的电脑出了点小问题，一接上线就发出噪音，可能是不适应挪威的电流。

他刚开始一直为群众不跳舞而忧愤，并不住地喃喃自语："这要是在上海……"

这种感觉很像三年前的北京，我们每夜奔赴各种电PAR，踏着电子音乐起舞，在凌晨昏昏欲睡，这种音乐会让你不由自主地跟着节奏打拍子，眼皮却越来越沉，视线模

上图　地上的蘑菇，在雨后发出诱人的光泽
下图　挪威小城的黄昏，红色的天空

糊，全身无力，跟中了毒的症状完全一样，直至完全睡熟、不省人事。

这里的鲜花的确很贵，几支就要一百多块钱——果然和网上说的一样。我没看清价钱，就拿了一把到收银台，结果告诉我一共两百多块钱。

B6慷慨地给我买了一个热狗、两份报纸和一份穿衣打扮的杂志。

搞笑的是，在宾馆，收到发错的短信，我说我在挪威。对方说，看到挪威的森林了吗？

我晕，直到这里还有人跟我提村上春树！

记在京不特书里的一首诗：

前生浪子后世僧　　断为朝霞掩梵门

缤纷桃花落万寂　　惫急旧客耽半醒

莲台本是一叶舟　　万远任涤半层垢

画眉锦袖怀色相　　扶首木珠觅琼楼

手持桃花奉禅台　　酣欲伴蝶眠天外

平生自怜无常号　　我是佛陀落尘埃

上图　在街头休息的时候拍的
下图　窗户里的洋娃娃吸引了我的注意力

"有一次，2004年吧，在挪威的一个小城。我和尹丽川、春树都被邀请去参加一个文化交流活动。在交流中，春树突然站起来说：'我最崇拜解放军，我特别想成为一名解放军战士。'我当时觉得，她怎么能这么幼稚？怎么会在这样的场合说出这么幼稚的话？作为一个内心深处把自己定义成高端精英范儿的诗人，我无法理解，只能将此归咎为春树这孩子还是年龄太小了，又容易激动，脱口而出。"沈浩波在给我的诗评《点燃蜡烛洗澡》里如是写道，后来他理解了因为我的家庭，所以我对解放军是有好感的。不过这个小细节，我完全不记得了。

柏林苍穹与戏梦巴黎

一

2005年，兔子决定回德国过生日，他邀请我也去。在办了一系列繁杂的手续后，我终于得到了德国的签证。我们有整整一个月时间会在德国度过。

迫于经济压力，我们选择了最便宜的俄罗斯航空公司，无法直飞柏林，得在俄罗斯机场待上七个小时等待转机。

在机场与我们一起上飞机的一小队亚洲人看起来很奇怪。他们面黄肌瘦，穿着统一的运动服。他们脸上无一例外都有一种坚忍的表情，单眼皮，像农村孩子。他们的表情让我感到熟悉又陌生。熟悉是因为这种表情我肯定在哪里见过，陌生是因为我已经很久没有见到过了。

他们排队过安检时，胖得像熊一样的工作人员大声嚷嚷着："这帮人！又带了一堆高粱酒！"

直到坐上飞机，我才明白，他们应该是朝鲜的运动员。

俄罗斯机场。这里真像是某个垃圾收容所。到处都是随地而坐或卧的乘客。垃圾箱旁边有人吞云吐雾，坐在咖啡桌那里吸烟打牌的都是穿西裤的亚洲游客。

那种英雄落魄。仍能感受到强盛时期的社会主义强硬态度。我真想冲出机场，去红场看看。我有件印着"CCCP"的红T恤，我想穿着它给纪念碑献朵花。

在柏林我打算穿一条有点哥特的黑裙子，标准的朋克渔网袜配黑色匡威All Star或者马丁靴。

头晕目眩的一天。一切都来得新鲜而猛烈。

我们住在离柏林不远、坐车只需要四十分钟的乡下，兔子的父母家。那是一座二层小木屋，典型的德国式小木屋。门前门后都有一大片草地。

他开车带我来到他的哥哥、弟弟家。他们住在一个社区，都是自己建的房子，有一大片草地，孩子们在草地上玩

在草地上晒太阳、喝啤酒

耍，平时晚饭几家人经常一起吃。空气中是阳光晒干的青草香和不知哪家人烧烤的香味。我们在草地上铺上毯子，躺着晒日光浴，喝着啤酒和饮料。时间像停滞了。

　　下午，我们相约来到附近的湖里游泳。那是个在森林中的小湖，安静、清澈，像世外桃源。德国人崇尚裸泳，刚开始我有点害怕，后来很快就习惯了，也许裸体游泳才是最自然的。兔子弟弟的女朋友长着一头金发，身材高大健美，她裸体抱着同样金发的小婴儿慢慢走进湖中，恰如森林女神。入乡随俗，我也脱光衣服，慢慢走向湖水。我无忧无虑地徜徉在温暖而凉爽的湖水中，思绪早已飘走，只想融化在这湖水中。云彩变幻莫测，像在天空中挥洒水墨。

　　在这里最大的问题就是吃饭不习惯。这里的人早饭和晚饭吃得几乎一样，就是面包奶酪茶或咖啡那一套，都是冷的，只有中午才能吃上热的东西，菜和水果也特贵，品种也不全。我去逛超市时差点没晕倒，当时就想家了，心想在我们中国要吃什么没有啊，天天吃也不会重样儿，哪像这儿啊，也太不会享受了。

　　就这样每到下午两点，我就特饿，简直能吃下一头牛。

我原来以为挺能适应外国的饮食，不会像大多数中国人一样出国几天就闹肚子，很快我便后悔没带几包方便面来。方便面起码还是热的。

下午我们经常在邻居家的游泳池里游泳，邻居出门度假了，家里没人。阳光晒到水里，映得整池水发蓝，像块蓝水晶。游上一会儿，就把浴巾铺在草地上，躺在上面，喝着咖啡抽着烟晒太阳，直到皮肤都像流动的琼浆。阳光灿烂，我仿佛又想起小时候的惬意生活。我记得那时天也是这样蓝得发亮，我和妈妈，还有弟弟、二姨，打着伞，走在发白的阳光下。

我们携手散步，绕着村子走一圈，爬上一座不高的山坡，路旁是苹果园，地上落满了苹果和厚厚的一堆苹果树叶，有的已经腐烂，更多的还很新鲜。没有人去拣它们。我拣了几个，不太好吃，有些酸，反正没有国内的苹果好吃。

地里开满了野花，大都是黄色、白色和粉红色的小雏菊，有时我也摘下几支拿回去。这地方如此美，我却丝毫没有浮想联翩，一切都很平静，仿佛我来过很多次了。

在柏林游泳

柏林是一个酷人特别多的城市。有时候也觉得有些人的打扮特奇怪，比如一个五十来岁的老太太，穿得很正常，却染着一头火红色的头发，真不知道她们怎么想的。

地铁站里经常站着一身黑打扮的朋克，有的朋克女孩子留着光头，涂着厚厚的黑眼圈。他们在向路人要一块欧元，他们的身边儿几乎都站着一条或几条大狗。这边的人都喜欢大狗，也有些人遛着小狗。

在柏林的中国人不多，恰好兔子认识一个来自中国的画家。我们便去拜访他。

孟画家在柏林的居所空空荡荡，他一见我们来便要给我们做饭。他不会说德语也不会说英语，却找了个德国老婆。他老婆也不会说中文，两个人全凭手势交流。很快，两人就有了个孩子。现在小孩儿刚出生几个月，他老婆在家照顾孩子，大部分时候是孟画家做饭，他老婆打下手，虽说语言不通，却基本上能猜出对方在想什么、想要什么，相处得比我和兔子还和谐。

我问他，在德国习惯不习惯。他说，来这儿以后，他每天要绕着地铁转上一个小时的圈，因为别的地儿不熟，不敢走。但如果不能每天走这一个小时，肯定就要崩溃了。

"原来你不习惯这里。"

"那当然。"他说。

在他家，我看了本禁书，其实多年以前就有人从网上发过给我，我一直没看，不知道出于什么原因，就是没看。结果在他家看了。书很厚，繁体字，我整整看了八个钟头，不包括晚上的睡觉时间，看完后我就病了——吃不下、笑不出、满怀忧郁、满腹委屈、满腔愤懑，还反省了半天，深感压力，害怕极了。实际上我害怕什么呢？我也说不好，严格意义上来说那不过是本科幻小说。总之，我怕死了。就连跟他一起去中国小饭馆吃馄饨我都紧锁着眉头。

吃过饭，他送我们去坐地铁，然后转身离去。

回去后我上网查了查这本书的读后感，才略略安心。原来，好多人看了以后反应比我还厉害，都要死要活的，还有的连夜写家书让家里存点粮食。呜呼，这书可把我们害苦了。

不管怎么说，这作者有一点我是不同意的，那就是书的后半部分实在是危言耸听，那阴云密布的气氛，那纯粹极了的绝望。作者没因为写这书得忧郁症吧？——我真佩服啊。

二

在魏玛一住三天，这座小城是兔子曾经住过的，当时他和几个朋友合租了一个公寓，那个公寓还有一个大的浴缸。我们在魏玛吃过一次中餐，只点了两个菜一个汤，就花了差不多二百八十块人民币，做得也不好吃，背景音乐居然是《九九艳阳天》，服了！

然后我们搭车到柏林，我是头一次搭免费车，第一个载我们的是一对青年情侣，女孩胳膊上都是文身。后来载我们的车里坐着四个大男人，还有一条巨大个儿的黄狗，他们倒是挺友好，还让我们喝啤酒。他们都是东德的工人，一直在抱怨德国政府。

我们换了三次车又换了几回地铁才到柏林，其中有一个是东德退休的老警察，最后下车时这哥们拉着我的手兴奋地说他特高兴看到一个真正的中国人。

再去柏林，最好玩的经历是跟着兔子和他曾经的好朋友一块蒸桑拿。跟国内不同，这里的桑拿是男女在一块的，更衣室的淋浴室也是共用的。刚开始我心里打鼓，怕看到那么多男人裸体不好意思，可我低估了自己的适应能力，再加上桑拿室里灯光昏暗，雾气腾腾，我根本看不清人家的小弟弟长什么样。别人看我倒饶有趣味的，因为里面只有我一个亚洲人。其实这里的人都挺有素质，没人会盯着别人看一秒钟以上。

我终于找到了棉棉告诉我的买衣服的店。我们还在北京时，她就已经从德国回来了，她好像来德国参加她的书的什么活动吧。那几天我在酒吧见到她，她都穿得特"低幼"，特粉嫩——带透明袖子的T恤，层层叠叠的红色花裙，头上还别着个小骷髅的发卡——我心想棉棉真是越活越年轻。棉棉跟我说她买衣服的店特棒，"一定要把你所有剩下的钱都花在里面！"

结果第一次去时，我看到那么多花衣服头都晕了，立场一不坚定就被兔子拉走了，因为他讨厌粉红色。我心想，你不喜欢粉红色，我就要穿得像个寡妇吗？你看看我这几天穿的，白黑蓝，我都成黑白电影了我！我都成默片了！后来我们看到一座粉红色的楼。看到这座楼，我一下子笑了起来。

兔子问我好看不好看，我说我觉得粉红色只适合出现在两个地方,一个是天上,一个是身上。

到处能看到我的朋克朋友们,他们染着红红绿绿的头发,衣服是黑的,表情是不羁的,钱是管群众要来的……

我觉得要是这么当朋克,还不如不当。现在我看到了一帮帮的朋克,怎么一点好感都没有?不过,我也不讨厌他们,就是觉得有点没劲。

经常在某家麦当劳前面看到朋克聚集,有一天我进去买冰淇淋,诧异地发现里面居然可以抽烟。烟民众多的中国麦当劳都没让人抽烟,这里不但卖啤酒还可以抽烟!狗子(作家,写过《一个啤酒主义者的独白》),柏林挺适合你!啤酒主义者应该到柏林来玩玩,也许你也不会再讨厌麦当劳了,咱可以边抽烟边喝个小酒。

在街心公园的某个雕塑被朋克们用红漆浇出火红的"Anarchy"(混乱、无秩序)标志。这边朋克都已经表达了自己的想法。的确,到目前为止,只有在德国我才能看到最纯正的、大批的、习以为常的朋克们。

上图　在查理检查站,这里曾是东西德的分界
下图　那天下着蒙蒙小雨

三

我们在细雨蒙蒙中来到柏林。这次第一个要来的地方便是动物园火车站附近。

很早以前看过《我,十三岁,妓女,吸毒者……》这本书,写的是动物园火车站的孩子们。这里的确有种脏乱差的感觉,街上也常有一堆一堆孩子聚集着。

在动物园火车站附近的书店里,看到了许多色情的书。我很好奇,又顾虑别人的眼光,偷偷看了几眼,发现没人看我,就小心地拿起几本翻了翻,很快就脸红心跳了。

卖色情图书的书店旁边是柏林欧亚学院,我们好奇地进去看了看,居然还有一个办公室门口写着"董事长室",逗死我了。

我跟兔子在一起总有一种吃不饱、穿不暖的错觉。我们常去吃的就是路边的印度饭馆或者干脆就是土耳其的肉夹馍,因为便宜。在他父母家时,我们最常吃的就是从超市买来的冷冻食品。那段时间我觉得之前在中国的二十多年活着很惬意,好像是免费活着似的。有时候我又有种身世飘零、举目无亲的感觉。那种感觉如此熟悉，以至于我常常就热泪盈眶，感觉自己正处于水深火热之中。兔子常跟朋友见面，他们一讲起德语就没完。我也想找个人聊天，可惜没有。刚来德国时在街上看到中国人总想打招呼，怕人家在国外寂寞，也想让他们体会一下他乡遇故知的感觉。结果主动打过几次招呼后发现无一是中国人，都是泰国越南的，从此以后出门看到亚洲人我也就是扫一眼，在心里猜一下他们的国籍，再也没有聊天的兴致了。

我也常常有种精神恍惚的隔膜感。有一天我们来到波茨坦一个朋克曾经聚集的地方，那是一座将近荒废的旧楼，到处都是垃圾和涂鸦。一层有几个酒吧，还没进酒吧就听到震天的朋克音乐，是首旋律流畅的德国朋克。我像梦游似的进去了。酒吧里没什么人，只有几个穿黑衣服的男女在打台球，吧台上坐着一位穿印着"The Exploited"（英国的一支朋克乐队）的黑色T恤衫的女孩在喝酒。我躺在沙发上，头顶的风扇不断地旋转。我好像有些醉了。

在这里，我已经看过一次彩虹和一次流星，还看过许多次傍晚黄昏的晚霞。

更让我兴奋的是在唱片店里发现了我喜欢的许多朋克

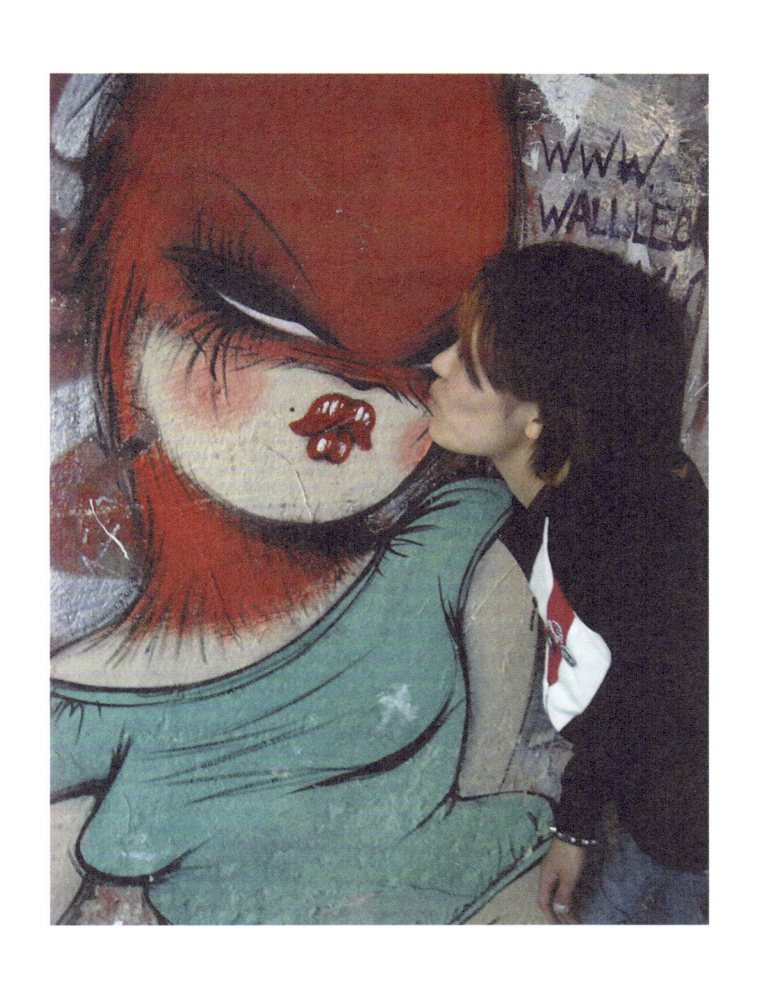

在一座朋克聚集的旧楼里发现了许多涂鸦

乐队的专辑，可惜没钱买了。最后还是买了一张合辑，封面是Catwoman（本名Soo Lucas）那张熟悉得嚣张的脸。

四

"宝贝，你爱我吗？"清晨，我们还睡得朦朦胧胧，兔子伸出胳膊，环绕着我，迷迷瞪瞪地问。

我一下子感动起来。"爱呀！"我热烈地告诉他。摸着他的胳膊时心里莫名涌出的感动令我满足到根本不想再要别的东西。就像舞蹈家邓肯在生过孩子后说的：难道这不是女人最伟大的创造？还需要创造艺术吗？艺术与生孩子比起来简直不值一提！

早晨起来，他给我看他小时候的照片，在各个国家旅游的照片，和童年的邻居玩耍的合影。十四岁之前，他就已经去过了欧洲其他地方。

我们与他的父母一起去镇里的电影院看一部最新的片子《窃听风暴》(*The Lives of Others*)。没有英语字幕，我只能凭猜测来揣摩大意。

看完电影，他的父母开车回去，而我们骑自行车回家。

一路拼命蹬车，有时候他骑在我前面，有时候我超赶过去，路宽的时候我们就并排骑。幽暗的马路，没有路灯，只有汽车路过时自行车后座的红塑料片被车灯映射出的反光。

马路下面是一片静谧的草地，旁边是湖水。我们扔掉自行车，走下草丛，躺在湖边的甲板上，望着天空的繁星发呆。8月的德国，天已经开始凉了起来，风轻轻地拂过我的衣裙，轻轻地吹过四周的树木和草丛。

我感到有些孤独。在从未见过的美景面前，我的心灵隐约感到一丝不满与孤独。

一个真正孤独的孩子。

我不知道一个真正孤独的孩子是什么样子。直到我今天发现了他。在他前面是围坐着的笑闹的孩子们，他站在旁边，若即若离，只有两个字那么清晰地闪现出来：孤独。

那是在柏林影院看电影之前，我与兔子去麦当劳吃东西的时候。

离开的时候我明白为什么只有我一个人发现了他的孤独。因为我同样孤独。

那时我认识了一个在柏林读研究生的中国男孩，他常常陪我逛商场，带我喝咖啡。他语带哀怨地谈起在德国的感情，说这里的人只是把他当作来自中国的瓷器或者花瓶，对他更多的是一种猎奇心态。他撩了撩被风吹乱的长发，说曾经深爱过一个人，只是……

"你嫉妒我长发里隐藏着的深秋……"我回国后不久，他也学成归国了。只是在他的博客上看到他写的这句诗时，眼前又出现了他当时谈到爱情时突然变得黯淡的眼神，和陪我买东西时温柔地对售货员说的"bitte"。

五

离开柏林准备去巴黎前的那天，天蓝得不像话。

我们坐了一夜长途巴士抵达巴黎的时候，我的钱包里只剩下三百欧元了。但是，那句话怎么说的，尽管我们穷困潦倒，但是我们到了巴黎！

巴黎的清晨是淡灰色和淡粉色相间的。空气清冷而湿润，我们睁大双眼，拼命捕捉巴黎初秋的风韵。

把随身的行李存到火车站的临时寄存点后，我们决定

在巴黎街头发呆、看行人

到路边的咖啡店吃早餐。点了咖啡和羊角面包，我们坐在路边的椅子上，稍作休息。我学着他的样子把羊角面包在咖啡里蘸一下，开始吃。刚刚出炉的金黄色的面包松软可口，香甜的巧克力酱配上醇厚的咖啡，不禁感叹：在巴黎吃饭果然是种享受！

巴黎，乔治·桑的巴黎！萨特和波伏瓦的巴黎！兰波和波德莱尔的巴黎！迷人的萨冈的巴黎！茶花女的巴黎！我们果然来了，巴黎！

兔子带我来到花神咖啡馆。早在去过巴黎之前，我曾经写过一首诗，就叫《花神咖啡馆》：

>我坐在花神咖啡馆
>
>这里是巴黎么
>
>我要看看那张桌子
>
>还要偷走一个烟灰缸
>
>像报纸上说的少年一样
>
>我扔掉了许多衣服和无用的首饰
>
>也没什么意思
>
>也决定不了我身边

是不是还坐着一个

亲密的人

去了卢浮宫，看到了金字塔。

去了公墓，向萨特和波伏瓦的墓送了束花。

下午，我们坐在咖啡馆里，开始思考晚上该去谁家里借宿。我突然想起，有个朋友在巴黎。我给她发短信，我们约好在卢浮宫的金字塔那里见。

她住在十二区的一座居民楼内。楼梯都是老式的，有些年头了，铺着暗红色的地毯，踩上去吱吱作响。

房间两室一厅，不太大。她平时与另一个女生合租，现在那个女生出去打工了。

她的房间明亮、整齐。据她说，所有东西都是一点点买了搬进来的，"这里不像国内，搬家很麻烦。"

晚上我们就在她的屋里打地铺。

第二天，我们坐在路边的咖啡馆吃早餐。在灿烂的阳光下眯起眼睛看走过的形形色色的穿长裙的漂亮女人。

我和朋友约好晚上去看埃菲尔铁塔，这仿佛是巴黎客

在萨特和波伏瓦墓前

们必去的景点。

　　我们坐地铁的时候，他们逗我说要逃票，说巴黎的学生经常逃票，只要跳过检票口就可以。我按着做了。结果倒霉的是，在地铁上碰到查票的，我至少被罚了十倍的地铁票钱！我怒气冲冲质问朋友，她说可能是因为这趟地铁是去看埃菲尔铁塔的，游客很多，所以会在这里查票。

波罗的海的重逢

2006年夏天,我与兔子再次去德国,这次我们打算去瑞典看朋友。

开车三个小时后,我们来到波罗的海边。到达时已经是晚上七点多了,虽是傍晚时分,天空仍然明亮。来时的路上风景越来越美,越来越接近德国农村的真谛。这是一片宁静的海滩,大海,夕阳,岸上零散停着几辆汽车,支起了帐篷。我们停好汽车,也支起了帐篷——我的第一顶帐篷。他开始做饭,我开始用笔记本电脑放中文歌曲。就这么待了一会儿,海边吹得有点凉了,我拿出袜子穿上。海上有海燕飞过。

我想这可能就是幸福吧。

在波罗的海边

我们躺在沙滩上晒太阳。岁月静好。

没什么想说的。

太阳落到地平线，还有一会儿真正美丽的天气。藕荷色变成艳红色的太阳。我忍不住从帐篷里拿出照相机，跑到路边，拍了一张照片。

大海。真正的大海。

轮船。真正的轮船。

看到这里，我想到了苏联小说《第四十一个》里的情景。

早晨时天气阴沉，整个大海呈现出无比诡异神秘的银灰色，那么大一片，受不了。晚上住在海边的帐篷里，很冷，海的声音此起彼伏。第二天晚上半夜又来了一辆车，就住在我们帐篷左边，已经是晚上一点多了，他们大声说话，烧烤，我让他们闹得连做噩梦，在梦里梦见自己躺在高速公路上，对面的车就要开过来，连车灯我都看见了，吓得我叫了起来……

坐了六个小时的船，开了整整两天车才到瑞典的乌普萨拉，这一路都是农村风景，我都对大自然腻味了，够我回味一年的。哪儿的农村都一样。

我们走的是E22高速公路，是一条不路过城市的路，也是从瑞典南部到首都最近的一条。路的两边永远是美丽的（也是乏味的）绿色森林；间或是湖泊；深红雪白两色的小木屋；偶尔有加油站。哎呀，我现在这样写出来好像挺浪漫的，可景色一直雷同，不禁让人昏昏欲睡。刚到朋友住的房间两分钟我就嚷嚷着要上网。想写点什么，可我有点累，在车上坐了一天腿也有点疼了，反正还要在这个城市再待几天，干脆明天醒了再写吧。

瑞典的湖很多，刚开始新鲜，见多了也就想不起来要拍照片了。

这里的森林真的比德国的嫩，比德国的绿。

其实我不是一个喜欢旅游的主儿，如果到了世界上任何一个有朋友的地方，我就住下，上网，听音乐，写写诗，连门也不出，要出门也就是买衣服，我真是个无聊的家伙啊。

瑞典什么都贵，就是衣服便宜，样式又多。这边的女孩都很会打扮，经常让你眼睛一亮，当然，只能亮一下。不然，她们就是明星了。

凌凌说他很喜欢看这里的十一二岁的小女孩，纯真，可爱，又接近成熟。欧洲的女人早熟，瑞典还好点呢，在德国根本分不出她们的年龄！这里人们穿的衣服都是浅色，德国都很深沉，让人累……

吊在空中的凌凌，让人根本看不出来他今年已经四十一了。这两天我们吃的饭都是他做的，导游、摄影都是他，他在这里的语言学校的同学好多都是经历坎坷的异乡人，比如打了十年仗的游击队员，被伊朗政府吊了八个月的，反政府武装的，逃难的。世界太大，还是祈祷世界和平吧！

我在他们家看了几本漫画书《我在伊朗长大》（1、2、3、4），还有奥修的书。

白天我在市中心的商店买了一大塑料袋衣服，有个瑞典本土的小牌子很别致，衣服上都会带个骷髅图案。我买了条灰色紧身牛仔裤，许多年没穿过紧身裤了！明天还要去首都买条白色的。这里的店基本都把一些二三线的牌子混合在一起卖，你自己随便选，看中了就在试衣间里试，没有人在旁边烦你，价钱比德国和中国都便宜，常常能发现一些奇怪的饰品。

明天离开这个城市，去斯德哥尔摩逛逛，再开车去丹麦看看，然后返回德国歇两天。听说罗琦现在在德国，凌凌说罗琦跟他很熟，是很久的朋友了。两年前的秋天在上海，她给我打过一个电话，但我们并没有见过，此次如果能见面，也是件好事情。

这两天，很轻松，很舒服。我们逛遍附近的公园和森林，吃野蓝莓和树上的樱桃，看夕阳西下时寂寥无人的足球场和儿童游乐区，看风吹草动，看蓝天白云。在玩秋千时我差点哽咽，真希望我们的孩子们也能享受到这样无忧的童年，真希望我的朋友，我那个那么热爱大自然的朋友也能来这里看看，他一定会陶醉吧！这种心情很复杂，就像英国拒签时我的沮丧和无奈，我没有安全感。在德国，我突然伏在沙滩上哭起来，特多愁善感，边哭边想让中国的家人、朋友、普通人都来这里游泳晒太阳，不管他们想不想……

又是开了两天车，才回到德国的波茨坦。我已经恨透了帐篷睡袋这种风餐露宿的生活。你还别说，我真不算是"大自然的孩子"，我实在不算太纯朴。谁让我得洗脸刷牙换隐形眼镜呢？虽然涂了防晒霜，我不用看也清楚地知道我已经黑得不能再黑了。

泰国旅行记

2006年的圣诞节，我计划在写完新小说《红孩子》后去旅行，当我在苦闷的创作中每每想起冬天将要在炎热的热带有一次阳光、沙滩的旅行就感到振奋。12月23日，我们坐上了飞往曼谷的飞机。之前的周折就不用说了，去泰国的签证很简单，像上次一样，我通过中介公司办的签证——这次的中介不像上回一样负责，当我给她打电话要求取护照时，她说现在是周末，公司没人，如果为我单独取一次还要我付四十块钱的车费。我问她上回你开的车呢？她说前两天撞了。不知道真的假的，如果是演给我看，她也在街头等了四十分钟——北京堵车，我当时刚好回家取了点东西。拿到签证后我去梦梦家借了几件夏天的衣服。每次去找她，她都是为我提供一条龙服务，从拿饮料给我喝到给我选衣服，再到给我化妆，让我美美地回家。当天晚上还是王悦王大姐的生日，时间很紧，她一直催我早点到聚会地点给她过生日。梦梦给我化了大浓妆（这就是她的风格），粘上假睫毛涂上蓝色眼影、橙色腮红和她刚买的安娜苏的009号口红（我印象深刻，这个颜色太好看了），又给我梳了两个羊角辫，头上别一朵大黄花，再穿上一件黄绿色的从挪威买来的瑞士军大衣，嘿，你还别说，真像个国民党特务（军装的颜色一样）。直到我走进东方新天地准备给男朋友买件圣诞礼物时，才发现大家看我时眼神都怪怪的。用王悦王大姐的话说就是，"谁不欣赏我的打扮谁就是傻×"。找了半天苹果电脑专卖店，后来才知道早搬走了。我又去看雷朋墨镜，只有一款男式的，不是我想要的那种黑色的。

到了聚会时，王悦偏说我像是电视剧里文工团里跳舞的小战士，我一看她们实在接受不了我的新形象，只好把头发散下来恢复原貌。大家吃吃喝喝，小玉给我们轮番算了命，我说要提前回家改改小说，他们又接茬去了"糖果"。

我又收拾了东西，太绝望了，什么都觉得沉还什么都想带，最后又看了看电脑上我的小说，还成，没有什么特别要改的，上个礼拜都改完了。在这方面我还算是很负责的，起码要印上我名字的东西我都得认真对待嘛!

到达泰国机场时气温比我想象的要冷一些。机场外面竖起了亮闪闪的高大的圣诞树,真资本主义。我们打车到了一家旅馆,听说这家店已经营业了二十年,很有接待外国旅客的经验。价钱还算便宜,折成人民币大概八十块钱。我这才知道,泰国洗澡水都是凉的,刚开始我还以为他们的洗澡系统坏了呢。

晚上不管几点睡,早晨都能毫不费劲地在八点左右醒来,睡得很香,不是因为居住条件好,而是因为空气清新。因为时差和水土不服,我的脸稍微有点肿,直到第二天才下去。在曼谷就顾着到处寻好吃的了,不表。待了两天后才发现我们住的地方真不错,房间里也可以无线上网,楼下就有按摩室和网吧,像是躁动的大海中一座风平浪静的小岛。

泰国人都挺热情的,他们很善解人意,用在商业上可能就是狡猾吧。在路上,有两个泰国人冲着兔子喊"Lucky man"。我们吃晚饭时同桌是两位西班牙人,那位男旅客还跟兔子说他真幸福,因为和我在一起。我看他老婆面带愠色,赶紧冲他俩说"谢谢、谢谢"。哇,他可别把我当成三陪女。要是那样,那他当着他老婆说这样的话就更没道

在曼谷坐观光船

理了。

第三天，我们决定去附近的一座真正的小岛上游泳晒太阳，如果能骑大象就更好了。本来选择的一座需要坐九个小时的火车或汽车，单程车票就要五百块人民币，有点贵，而且也太远了。我们最后选择了相对近点儿的一座，坐了五个小时的汽车和半个小时的轮船。船上居然还在放《迷失》(*Lost*)的DVD，难不成真让我们迷失啊？

我们住在兔子朋友推荐的小木屋中。这和我原来心中偷偷幻想的海滩豪华酒店相去甚远。

这里是一片比较原始的村落，村头有家租摩托车的商店，地上都是起伏不平的石头，穿拖鞋穿过要小心了。村落看起来很大，尽头是海。穿行村落的除了黑发深棕皮肤的原住民便是白种人，几乎没有像我这样的来自亚洲国家的黄种人。

每天醒了我就看一会儿带的小说《敖德萨档案》，等日头没那么猛的时候，我与兔子就下海游泳。

我最喜欢吃的早餐是熏肉三明治加一小碟水果，凤梨

上图　在吊床上看书
下图　在去潜水的路上

木瓜香蕉西瓜，起码有半年不想再吃什么热带水果。当时总想起四个字"椰岛谍影"，不知道是不是我小说看多了。在岛屿上一直看《敖德萨档案》，平时根本看不动的也看得津津有味，这人就是贱啊！

那天去潜水，从早晨九点到晚上六点，坐了一个多小时的船，我在路上吐了，很难受。幸好收获也是大的，看到了许多美丽的鱼和神奇的海底风景。同行者有两位日本人，一男一女，男的估计有四十五了吧，女的肯定不超过二十五，他对她关怀备至，那些西方人看傻了眼，学着点吧！

碧海蓝天，泰国版的可口可乐加上世界各地到此的帅哥，其中一位长得像是布拉德·皮特和柯特·科本的混合体，要不是为了面子我就要求跟他合影了！泰国本土的帅哥有了点文化之后就很矜持，面部表情冷峻，抽着红色万宝路，我还管他要了一根呢！

回到曼谷后，我们吃了好几次路边摊。真是路边摊，东西都便宜得像是免费的，桌子上飞着两百只苍蝇，绝对艺术。我一边抽着烟一边喝着百事可乐，凝视着眼前高大破旧的立交桥，心里还是喜滋滋的。

休对故人思故国

一

到目前为止，我去过三次纽约，分别是2009年的春天、2010年的秋天和2011年的夏天。还是第一次给我的印象更深刻，它带给我不少的阴影，我仍怀念那最初的感受，尽管那些日子里痛苦和迷茫远远大于轻松和欢乐。那几个月在美国发生的事简直一言难尽，分分钟都惊心动魄，分分钟又化险为夷。如果说那是电影，我觉得那是个恐怖片。篇幅有限，我不会在这里讲恐怖故事，它只能出现在我的小说里。

2009年春节刚过，我拿着护照踏上了去纽约的飞机。十几个小时后，飞机终于降落在纽瓦克机场。在从北京来的飞机上，看过几部电影百无聊赖的我情不自禁地用手提电脑放了首海军歌曲《妈妈，我们远航回来了》。它让我感觉很舒畅，像呼吸了口新鲜空气。我不禁琢磨，这么多年了，我还喜欢听军歌，看来这爱好是改不了了。我觉得没什么能改变我的情怀了，金钱、物质，什么都不可能。这辈子我会一直喜欢这样的东西。估计王朔听到这首歌也会很激动吧。他之所以后来思考哲学去了，是不是因为他的某种曾被培养出来的以为固若金汤的情怀被破坏了？我随之又想起另外一个从事过某种特殊职业的人才写的一篇文章的最后一句："妈妈啊，难道您培养了你的儿子，现在就不需要他了吗？"

这苦涩的诘问，一直印在我心里，就像我欠了他什么似的，一直念念不忘。现在我想对他说：亲爱的朋友，就算"妈妈"不需要你了，你还有大姑、小姨或者别的亲戚，总会有人需要你的；而且保持着你的这种情怀，终会遇到与你有同样经历的知己——比如我。

我就是这样思索着，怀着矛盾而又激动的心情来到了纽约。

出海关的时候，胖胖的海关人员问我，为什么要来美国，打算在这里做什么。我回答说想看看美国，想去几个地方玩玩。他终于在我的护照上盖了章。我松了口气，现在终于进入美国的领土了!

朋友Victor来机场接我,他看到我的旅行箱上还贴着中国国旗的贴纸,笑了一下。他五十多岁,出生在纽约唐人街,基本不会汉语,却有颗爱中国的心,经常义务帮助中国人,那之后我听到《龙的传人》时就时常想起他。

在坐了一路我根本记不清楚的地铁后,来到了他帮我租的位于华尔街旁边的公寓。放下行李,洗了个澡,感到了饿。果然是中国人,当时就想喝粥。Victor带我步行去中国城,纽约正在飘雨。他一路告诉我这里是哪儿,那里是哪儿,我眼花缭乱,所有的一切都是新鲜的,根本没法记住。终于,他带我来到一家港式餐馆,在喝完一碗粥后,我才感觉有了点力气。坐了十三个小时的飞机,我一直处于恍惚状态,只觉得很困很累。

Victor替我订好了去旧金山的机票。我将在到达美国后的第三天去加州拜访我的好友David,他刚从洛杉矶搬到一个偏工业的小城市奥克兰。2008年的时候我认识了摄影师David,那是四川地震前的一个多月。他找到我,想让我为他即将出版的摄影集写序。他说他看过我的《北京娃娃》美国版,很喜欢,他拍的这本摄影集内容都是中国内地不同省份的底层少年的生活。说的也是啊，他不找我找谁啊！

二

从肯尼迪机场望下去的景色真是耀人眼目。飞机起飞前，天空中的云彩已经被夕阳染成了淡淡的粉红色，落日光芒万丈，看得人心里很舒服。机舱里放着欢快的流行音乐，一直在唱"我爱你，我是如此爱你"之类的，气氛比纽约要轻松不少。

起飞后，我才看清楚外面的景色：一大片碧蓝色的海，许多许多像积木一样整齐的楼房，整个纽约都在眼皮底下，云彩在空中像柔纱一般飘过，远处的夕阳发出橙色的光芒。我不禁看呆了。太美了，太棒了。总之就是太震撼了！我突然想，未来这两个月一直住在纽约，会不会被身边的人同化，变得特别压抑？如果按当初的计划去加州生活，会不会更轻松？

加州时间的上午时分，我和David坐在周末露天市场（Oakland Farmer's Market）的小圆桌上，呼吸着从附近摊位传来的阵阵花香和新鲜水果、蔬菜的味道，喝着一杯咖啡，

David走去给我买咖啡，我身后是几棵椰子树。听到风中传来鲍勃·马利的音乐，我满脸都是笑容

享受着加州美好的时光。现场还有乐队演奏，阳光照在身上暖融融的，这里的确比北京和纽约都暖和多了。突然，我听到乐队在演奏鲍勃·马利的歌，多么熟悉、亲切的加州！

三

因为在下雨，所以旧金山给我的感觉是脏乱差，像北京火车站周边地区。吃吃喝喝的一天，一直在逛商场的一天。我需要买件睡衣，但就是这么简单的要求都没法实现。我们逛了许多家店，没有找到一件合适的。巨大的商场，无数的顾客，让我迅速失去了购物的兴致。要毁灭一个爱好或者一件事，只要让它比比皆是就成了。

上网，与果酱聊天。我向他抱怨这里没法在屋里抽烟。我们每每能聊出名言来，比如他说："这些不能在室内抽烟的家伙还这么有朝气，我们就更得有斗志啦。"

比如我说："纽约也就是一个大望路。"

四

David带我来到伯克利。今天没有下雨，天空中带着春季特有的潮湿和香味。

我们都是容易感到饥饿的人，中午在一家典型的美式餐吧吃的饭。这里的桌椅都是木制的，柜台前的大彩电里播放着运动节目，服务员看起来像是附近大学的学生。我点了一份墨西哥风味的食物，很好吃，就是分量太多了，即使我最后用"别浪费！朝鲜的孩子们还在挨饿呢"当理由都没有吃完。

我们去了一家很棒的旧书店。他说他以前常和妈妈一起去那家书店，他妈妈说那里很像大学里的图书馆。

在这家旧书店，我买了一本安妮·塞克斯顿的传记和一本她的诗集。两本书都不便宜，加起来一共四十二美元，但是很值，因为这样的书很难在中国买到。虽然也许能在淘宝上买到，但为什么不立刻就买呢？买到她的书，我感到心满意足。为了证明我是真的喜欢她，我还现场给David背诵了一首她的诗：

写作的女人有太多感觉

那些恍惚和迹象!

就像循环、孩童和岛屿

都不足够

就像哀悼者和流言

和蔬菜

都不足够

她认为她可以警告那些星辰

写作的人本质上必须是个间谍

亲爱的,我就是那个女孩

……

  我们步行到一家能上网的咖啡馆,翻看刚拍的照片,喝咖啡,上网。这里同美国几乎所有的咖啡馆一样,都不能抽烟。刚开始我感到很费解,为什么不让在屋里抽烟?可以专门开辟一个吸烟区嘛,连这点小事都不会吗?

  就在这个咖啡馆,我首次看到了美国帅哥。不容易啊,整个西部感觉都是麦当劳叔叔和可爱的小男生,而整个纽约的男人给我的感觉都是契诃夫的"装在套子里的人"。

我们走到加州大学伯克利分校,校园美丽、幽静,整体气氛很学术,迎面走来的学生基本上都背着书包或手拿着书本。我们路过校园里的一座小桥时,有几个青年学生正围在桥边,观察着桥下的溪水,可能是在上课做实验。

晚上,David开车带我来到城市的湖边。绕着湖边,我们开始跑步。我已经很久没有慢跑了,这个湖很大,这样跑步,吹着微风,感觉真好。跑着跑着,我开始出汗,偶尔抬头看天,能看到飞机从空中飞过。十六岁的时候在开封,也是在一个晚上,我和朋友走在街上,一抬头,看到飞机闪着红灯从空中飞过。

一直跑到汗流浃背。我早就累了,但不想求饶,于是一直跟在他后面默默地跑,边跑边听自己沉重的呼吸声。

天开始飘起细雨,很细,像光线,不会影响你却无处不在。

能看到湖里的野鸭,停在路边让我以为是玩具的鸟,远处的霓虹。

跑完步后,我们又来到一个街心公园。那里有两个铁的双杠和高低杠。

我犹豫了一会儿,然后跨上双杠,很自然地把双腿压在杠上,身体后翻,双手撑地。有些事情就像骑自行车一样,学会了就永远不会忘。

五

我要像一个好不容易买到一瓶酒的酒鬼一样,把美国好好地、慢慢地品味一遍。我要去所有我以前梦想去的地方,痛快地把它们给享受掉。

我一直有个愿望,那就是在美国的时候每晚去电影院看电影。来到美国才发现,这个愿望不切实际——很简单,每个晚上都有各种各样的事,不可能都用来看电影。而且,一张电影票的价钱大概是十二美元,经常看的话也不是一个小数目。另外,主流的电影院里上映的电影都是些大片,这样的片子没必要每个都去电影院看。中国人还无法习惯那种每部电影都必须去电影院看的生活。

在加州的奥克兰,David带我去电影院看过一次电影。只看了不到半场,我们就夺路而逃。那天我们白天刚去过旧金山玩,吃过晚饭后,我们稍有些疲倦,于是决定去看部轻松的片子。我们在网上看了些最近上映的电影的简介,最后决定去看一部叫《跨国银行》(*The International*)的片子。

结果,刚看了十分钟我就觉得不对劲。整个故事十分没有说服力,怎么看怎么觉得搞笑,就连我喜欢的男主角都像是在演喜剧。我看了看David,发现他也同样在憋笑。想笑而又无法笑的感觉太难受了,我们实在是忍不住,最后提前退场。

我们认识了一个在苹果公司工作的意大利人,他请我们第二天去他公司的食堂吃午餐。这个食堂应有尽有,厨师都是专业人员,比如日本食品那儿的就是日本厨师,意大利食品那里的就是意大利厨师。可惜,苹果社区里面不让拍照。我选了意大利海鲜宽面、沙拉和水果,最后是咖啡。

吃过饭,他带我们到地下车库,给我们看他的那辆英国产的宝蓝色摩托车。看上去很酷。

意大利人对我过于亲切了,亲切到我有点不知道该如何回应他的热情又不伤害到他。后来我们知道他刚离婚不久,正处于疯狂追逐女生的阶段。Daivd跟我说,他刚离婚时也有过这么一段儿。关于David的婚姻,我没具体问。他只是说过,他当摄影师需要常常出差,对方实在受不了他经

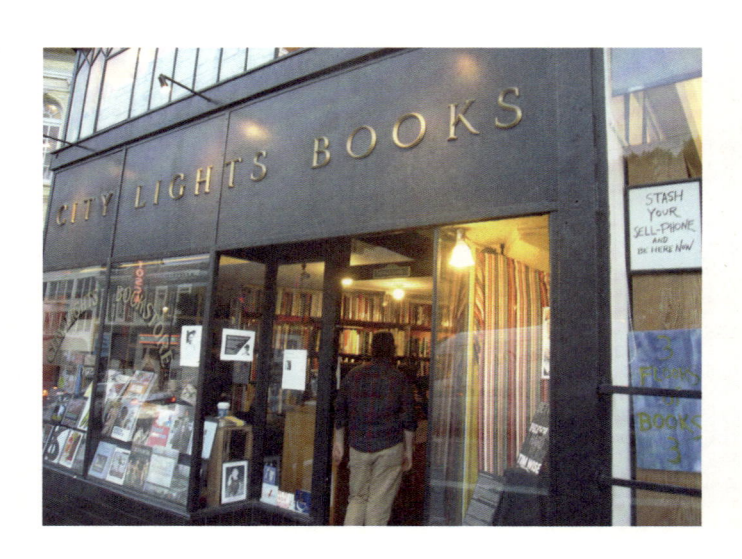

"城市之光"书店

常不在，于是他们分道扬镳。

向意大利人道谢并告别后，在我的强烈要求下，David带我去了旧金山的书店"城市之光"——垮掉派的书店，《在路上》，凯鲁亚克。作为被媒体称为"中国垮掉派"的我，肯定是要来膜拜一下的。在二楼的"诗歌"专柜，我惊喜地发现墙上贴着我最喜欢的诗人布考斯基的照片，老头儿看起来挺酷。

六

海特街的下午真是绝妙。阳光灿烂。David带我见了他的摄影师朋友及其香港女友，我们在一家印度餐厅吃的饭。

朋克、嬉皮，和比较摇滚的青年男女们。

站在路边抽烟的时髦颓废范儿的人。

二手商店。各式各样的衣服、鞋、配饰。年轻可爱的收银员挑染着淡蓝色的头发。他有些帅。

可惜，只待了不到一个小时，David就说该走了，他有个摄影工作，需要立刻赶去商业街。

从阳光灿烂的嬉皮街到高楼林立、阳光被挡得严严实实的"旧金山的华尔街",就像从天堂到了一个极其无聊的地方。我协助David拍了一个在网站当记者的男孩。

晚上,我们去旧金山的一家高级餐厅,与意大利人和上海女孩Betty一起吃晚饭。

Betty可爱至极,是那种一下子就会让你喜欢上的女孩,漂亮、身材好、简单,典型的上海小家碧玉。

七

感觉总有些奇怪。David的心情好像阴晴不定,他总是很压抑,仿佛在强颜欢笑。

有天晚上,David接到一个电话,挂了电话后疯狂地练哑铃。原来是他前妻打来的。还有天晚上,他趴在我怀里痛哭失声。我只好轻轻地拍拍他的肩膀,当作安慰。

我和David在他家附近的森林里散了一会儿步后,他驾车带我去机场。我离开加州,重返纽约。

八

我借住在Victor的朋友刘女士的家里。公寓对面就是华尔街证券交易所，楼下大堂像六星级酒店，有一盏巨大的水晶吊灯。门房有一个星期都记不住我的名字和脸，每次我回家都要被盘问一番。我没有自己的房间，暂时的栖身之处是客厅的折叠沙发。

在小说《光年之美国梦》里我用了一段对话来说明来纽约的理由：

"你为什么要来纽约？"他好像突然想起了这个重要的问题。

"我很早就想来美国看看。这儿曾是我梦想的城市。"我犹豫了一下，又说，"但这个城市让我感到孤独。"

他静静地听着，开口道："你想来——你来了。恭喜你！"

来纽约不需要任何理由，只要想一想有多少诗人、作家、艺术家住过这里就够了。Victor还介绍我认识了一个新朋友西蒙，一个长得很漂亮的女孩，性格也很随和，我们经常一起约着吃饭逛街。

转眼就在纽约过了将近两个星期。每天去学校上课，晚上出门逛街，开始对这里稍微有些了解了。因为几乎每天都到楼下附带的游泳池游泳，所以也没怎么胖。在纽约很辛苦，凡事都要自己来。我觉得我在美国英语没怎么学好，倒是学会了做饭，现在已经基本会做不太难的菜了，还学会了煲汤。

有一天回家的时候我又坐错地铁了，直接坐到布鲁克林那边去了，反应过来后赶紧下车，问了路才又倒回来。那几天不知道怎么回事，每次回家都要出些差错，每次都要走上几条街才能回家。

很明显，我对纽约的新鲜劲儿开始过了，明显地开始对购物没什么热情，对吃饭的兴趣上来了。估计再过一阵儿，我才能进化到去大学区闲逛，胳膊底下夹本看不懂的特深奥的书，手里掐着根烟，找找文化。

在刘女士在自己公寓举办的"亚洲之夜"派对上，我认识了画家朋友郑连杰。我们聊得很投缘，约好第二天一起去逛时代广场的维珍大卖场（Virgin Megastore），那里很快要关门了，正在大甩卖。在这家店里我买了两本关于朋克的书和一件纽约娃娃（New York Dolls，美国的一支朋克乐队）的T恤衫。

不久之后，我搬到了唐人街，住在一个朋友的地下室里。她在摇滚乐俱乐部工作。我是从关注她的博客开始认识她的，当时她介绍了很多美国本土的乐队，大部分都附有单曲下载。通过她的博客，我知道了许多新乐队，如果不是她，有些歌曲我可能一辈子都没机会听到。

唐人街的地下室的墙壁是鲜黄色和宝石蓝色，还有一个后院，白天的时候可以在后院晒太阳看书。刚搬来的第一个晚上，她为我播放了一晚上不同的音乐，边放边讲关于这些音乐及相关乐队成员的故事，其中包括一个悲剧。

她后来讲不下去，开始哭泣。我们喝着干白和干红，抽着烟，直到凌晨三点才睡去。直到我躺到床上，音乐还像水一样在流淌。能够听着自己喜欢的音乐睡着，未尝不是一种幸福。

这个地下室的楼房对面是一个足球运动场。阳光洒在路边的白杨树上，灰色的鸽子到处飞，扑拉拉。地上到处是碎纸屑和小广告，除了球门旁竖着的美国国旗正在迎风飞扬，其他与中国毫无差别。这里的小饭馆和商铺很多，我经常去的是一家中国超市和一家叫"香港饼屋"的饼屋。足球场前面还有一个小操场，操场还不错，有专业的跑道，很有弹性。那里常常只有我一个人在跑步，别的中国人都三三两两地在聊天或者坐在操场的外围打扑克。

我记得的片断是路边商铺在放一首腾格尔的老歌，有个老人驻足长立，投入地听着；再走过一个街口，路边同样有几个人在一脸关心地观看电视，我仔细一瞅，他们在看CCTV。唐人街简直就是个缩小版的中国内地，在唐人街住着的华人也是中国人，还爱国。

有个晚上，我坐地铁到了曼哈顿岛最南边的码头，著名的自由女神和我遥遥相对。在我住在华尔街的时候，我经常在下午来这里散步。猎猎的寒风吹动着海水，直升机在空中盘旋，我顿时想起了《北京人在纽约》的片头音乐："千万里，我追寻着你……"

没想到在纽约公共图书馆的东亚区，还发现了我的几本小说。

九

自从住到了唐人街，我经常去的就是附近的一家咖啡馆和"北京锅贴店"，是Victor推荐给我的。这家锅贴店里有绿豆汤，有毛豆，还有各种锅贴和云吞，生意特别好，食客们常常要拼桌，要知道这对在乎"独立空间"的美国人来说可不是件容易的事。这里我最喜欢吃的是"北京烤鸭夹饼"，三点五美金一个，我想吃烤鸭的时候就会买一个解解馋，味道当然不能跟全聚德比，毕竟还是在美国。公道地说，纽约吃的五花八门，应有尽有，这里可以说是美食的天堂，要想吃好的有各种高档餐厅，要想便宜解决也有卖热狗的路边摊。但我最怀念的还是两块钱一个的煎饼和北京瓷罐酸奶。

每次吃完饭我就走二十秒钟到旁边的咖啡馆喝咖啡上网。我一遍遍地看国内的新闻网站，直到发现所有国内的大事我都知道了，我就连国内的时尚网站都开始看，像个患了思乡病的海外华人。在某个大雨滂沱的昏沉的下午，我甚至在网上看了连载的《小团圆》。

"卷帘梳洗望黄河"，就记住了这句话。

果酱给我发来一张照片，上面写着："心不会再碎，因为我已是诗人。"

在纽约的大部分时间我都感到孤独。在这里对我来说能算得上朋友的人只有有限的几个。起码在我对这城市还不了解的时候，几个朋友实在是不够。我觉得寂寞，我觉得难过，我找不到根，找不到参照物，找不着家的感觉。作为一个孤独的游子，一个临时的纽约钉子户，"形单影只"是对我最贴切的形容。许多次我经过世界上最繁华的街道，心中就会怅然若失；每当我看到各种口味的餐馆里坐满正在嬉笑享受的食客，我总会立刻别过头去；每当我看到拥抱牵手的情侣，我总是假装没看到。它们都提醒了我，此时此刻，我是孤独的；它们也提醒了我，在大洋彼岸，我该有的都有。

十

有天晚上十一点，我到朋友所在的俱乐部看一个澳大利亚乐队的演出。他们很瘦，很帅，穿得也特别时髦。当然，我也思考了一下政治态度与衣着的问题，但他们的台风很棒，长得又顺眼，我后来也就忘了思考了。

纽约，一个能发生一切事情的城市，一个容纳了来自世界各地的不同人种不同文化的城市。在这里，一切皆有可能。在这里堕落是很容易的，自由是把双刃剑，一不小心就会伤到自己。

有天晚上，我和室友与几个刚认识的西班牙玩乐队的去他们住的雀西酒店，我们集体爬到楼顶上喝酒抽烟，眺望灯火迷离的纽约城。

回到酒店房间，很快眼前的一切都令我震惊，但我不能表现出吃惊，我得表现得像一个见怪不怪的现代中国年轻人，就算是民族自尊心吧。乐队的一对情人开始当众做爱，一切尽收眼底，就跟电影似的那么刺激。我一直跟一个穿Fred Perry衬衫的人聊文学，他说他是作家，我说我也是。我们彬彬有礼，凌晨离开宾馆的时候，他轻轻吻了我的脸，我心想也就是他算这帮人里唯一一个绅士。一出门，朝霞明晃晃的，我们像吸血鬼一样捂着脸去找地铁。北京离我好像有一个光年那么遥远。

种种际遇令我想家。但具体是想哪儿呢？鼓楼还是万寿路，抑或是遥远的出生地，中国东海边的某个乡村？可能都有吧。或者我在想那个古中国，那个在我出生前就多愁善感有唐诗宋词四大名著的中国，甚至也想民国时的中国。推断我的出身，我觉得激情万丈的红色中国也给我留下了很深的烙印，要不我怎么老穿一身红并一身正气呢？

十一

我决定振作起来。我乖乖地去图书馆借书，去中央公园散步、晒太阳，跟一块儿学英语的同学去逛公园看樱花。正好俄亥俄州一个我在北京就认识的朋友联系我，他要去华盛顿看朋友，邀请我在华盛顿见面赏樱花。于是我坐上了传说中的"灰狗"大巴。每年三月下旬，华盛顿都会举办樱花节，这些盛开的樱花都是来自日本的礼物。

在华盛顿春游的那几天，我就住在朋友的朋友家。他们原来是大学同学。这个女孩人很害羞，很知性，喜欢科学，现在是博士，也教学生。跟她接触的这短短两天，我很喜欢她。她家很简单，但很舒服，有着红色和橙色相间的窗帘、同色调的沙发椅垫布、淡绿色的床单，墙上挂着她男朋友画的现代艺术的画，随处都是他们创作的痕迹，却不杂

上图　雪后的中央公园
下图　坐在街心花园写日记

乱，有着清新向上的感觉。她的生活很简单，大部分时间都用在实验室和图书馆，她说她的同学比她还要学术，基本上不会去酒吧或交际。

我在"北京锅贴店"认识了一个新朋友安东尼，开始了在纽约的另一段生活。他是个意大利后裔，住在斯塔滕岛（Staten Island），就是那个坐渡轮二十分钟就能到的小岛，《欲望都市》（*Sex and the City*）里面让Carry们落荒而逃的那个小岛，民主大选里面大部分人支持共和党的那个小岛——听起来就像是小说里的情节，但的确如此，我真的开始住在这里了。比起曼哈顿岛，我其实也很享受住在这座岛上的时光。没有那么嘈杂，很郊区生活。在北京我就生活在西郊，在纽约的西郊生活我也不陌生。更大的房子，更空旷的路，更清新的空气。

我的生活一下子充满了阳光。不对，是阳光又重新普照！

和这个新朋友在一起，我觉得无比自然，就像两个双胞胎婴儿一样。有天晚上我想起在新疆的旅行，特别想告诉他我们应该有一天一起去新疆看看。这个世界还有许多地方，我们没有去过。这个世界还有许多地方，我们应该去。这个世界有多少个迷人的、陌生的地方，我们应该开拓疆土，像古代的国王一样，征服它们！在它们的土地上留下我们的足迹和笑容！这样也不算白活！此刻，我感受到的是人性！是人类的共同的命运——孤独。以及不再孤独的可能性。

我豪情万丈，全身心都充满了爱。

在纽约购物真是一种享受，只要你有钱，你就可以买到所有你想要和你能想象到的东西。这里的便宜货也可以将就用，至少型做得比较好。我经常去一家二手店里买衣服和鞋，这些便宜的衣物用完就可以直接扔在这里，不必带回国。反正这里一包烟就要十美元，算起来，也没省下什么钱。

在回北京之前一个礼拜，我还有了一次佛罗里达之行。住在斯塔滕岛的意大利裔朋友每年都会有一次佛罗里达家庭聚会。他邀请我同行。我飞去佛罗里达找他，既然我们互相思念并且都在美国，那为什么不能相见？

事实证明这个决定是正确的。我享受到了许多许多的美景和快乐。

碧蓝晴朗的蓝天和平静的大海。我们做得最多的事就是坐在沙滩上,望着大海。走向大海去游泳,再次回到沙滩,望着海岸线。如此循环反复。直到傍晚来临。

大海、阳光、美味的食物和空气里浪漫的夏季特有的干草味,这就是我印象中的佛罗里达假日。

这一个星期简直就像度蜜月一般——真的不能再像以前一样自虐了。

附：带一本书去纽约

对于喜欢摇滚乐又喜欢纽约的人来说，最应该看的就是《给所有明日的聚会》。这本书的英文名字 *All Tomorrow's Parties* 来自同名摇滚歌曲，书里面讲述了作者第一次来纽约以及其后在纽约生活所得出的感受，每个小篇章的名字都由不同的摇滚乐歌名组成。

2009年春天，我第一次去纽约的时候，这本书还没有出版。当我2011年第三次来纽约时，我特意带着这本书一同前往。我们都是喜欢摇滚乐的人，冥冥中也算有默契吧。这本书就是我们的纽带。陈德政曾给台湾的《破报》供过稿，而我台湾的朋友保尔，就曾寄给过我一大沓《破报》。有意思的是，在他的书里，我发现我们都喜欢去同一家餐厅："良椰"餐馆。这是一家有着东南亚各地美食的亚洲餐馆。它有几家分店，我们常去的是格兰街199号那家。那里的饭菜保证能让已经厌倦了西餐的人吃到满意至极。

被称为"怪婆婆"的日本艺术家草间弥生在她的个人自传《无限的网》里写她刚到纽约的时候，经常吃不饱穿不暖，有时候整整两天都吃不到东西。她全身心地沉浸在艺术中，从早画到晚。"除了画画以外，我没有任何办法对抗饥饿和寒冷，只能逼自己更努力工作。"这是一种要努力提升自己的心灵高度，接近于灵魂之光的精神，也是所有艺术家都该具有的品德。带这本书去纽约，在最艰苦的时候看看她是怎么面对的吧！

喜欢摇滚乐的人应该再带一本书，帕蒂·史密斯的自传《只是孩子》(*Just Kids*)。

除此之外，我觉得带几本鲁迅的书去纽约不失为一个好的选择。在国外也许更能体会到鲁迅小说的深意。

孤独是孤独者的通行证

一

云彩太美了，叠峦起伏的云雾像水墨画一样流动不息，滚滚的云烟就像是魔幻世界。为什么这里的云彩这么美？我目不转睛地凝视天空，忘了时间。直到飞机将我们带往另一片天空。

2009年10月，我与同行的河北诗人刘向东一起参加德国法兰克福图书节。之所以把我们放到一起，可能是因为我们都是诗人。这次我们一起去德国的三个城市读诗，之前我们并不相识。他说他的女儿只比我小一岁，还说我们中间隔了许多代。我们的诗肯定是不同的。按照风格来说，我们双方的诗八竿子打不着，属于一讨论就肯定吵架的那种。

77

书店里的阅读现场

来我们诗歌朗诵会的德国观众基本上都是中年人，不知道是什么原因。在场的中国观众倒有几个很年轻，他们对中国文坛的一些传闻更感兴趣。刘向东选了三首诗，都跟乡村生活有关。而且是很久以前的中国乡村。我对乡村也很有感情，我的童年是在乡村度过的。我们的朗读形式是中国诗人分别读中文，然后由德国的朗读者翻译成德语。刘向东每次都站起来背诵，很带感情，属于传统的朗读方式。我呢，根本背不下来，只好照着念。我选择了两首，《今天晚上的诗》和《美国精神病人》。后者是首讽刺诗，里面提到了"自慰""做爱"等词。当我看到现场观众都是中老年的时候，我心中大叹：不好！这最后一首实在不适合读给严谨的德国观众。他们会想什么呀？没想到现场的反馈出乎意料地好，当德国朗读者读我的诗的时候，现场总是传来笑声。尤其是当最后一句读出来的时候，还有几个人鼓了掌。至于我们这次旅程能对德国的观众启蒙多少中国诗歌，我完全没有把握。用刘向东的话说，"诗歌无法朗读出来，只能默读"。我想他的意思是说现代派的诗歌无法朗诵。

二

在汉堡的朗诵会，我见到了慕名已久的留德教授、作家关愚谦。最初知道他是通过他的自传体小说《浪——一个"叛国者"的人生传奇》。这本书我是在纽约的时候看的，当时看的是台湾版。当时就在想，如果能认识他就好了，他的人生是多么传奇，每个转折点都闪耀着火花。而这次他也来汉堡参加了我们的朗诵会。欣喜！能与喜欢的人见面，的确值得雀跃。这次我们的翻译也是他在汉堡大学的学生。

当夜，我们一行人就来到他的寓所，把酒言欢，喝着中国茶和德国葡萄酒，吃着瓜子、花生、话梅等典型的中式零食，有种他乡遇故知的舒畅感觉。

三

连续三个晚上的朗读后，我们对彼此的诗都听熟了，也开始在私下开玩笑。比如我的《美国精神病人》一诗中有一句是"其实我也没有那么想要"，就成了那几天我们天天说的口头语。每次点菜或者购物前都要膜拜一遍"其实我也

与关愚谦先生合影

没有那么想吃"或"其实我也没有那么想买"。而刘向东有一首诗叫《有什么高于一切之上》,很抒情,像咏叹调,隔几句就会重复一遍的那种,其中有几句是:

> 有什么高于一切之上
> 一切都是元素
> 有不完美的完美　没有
> 不完美的事物

我就写了一首叫《有什么高于打包之上》,发愁地感慨:

> 是啊,到底该怎么打包
> 才能把衣服全都装进去
> 到底是叠呢还是一脚踹进去
> 其实一切都是元素
> 没有完美的打包
> 只有完美的衣服

而一路陪我们的那位中国图书进出口总公司的Mr.刘，更可以当一位绝佳的诗人。他总是脱口而出特别有象征意味的话，比如我们大清早地去火车站坐车，有个德国疯子冲每个行人喊"Good afternoon！"我说我应该跟他说"Good evening"。他说，"对啊，你就写，'清晨的火车站，我却想道晚安'"。果然是三人行必有我师。

在火车上，我看了他收藏的一些国外诗歌资料，很全面。另外，他的"西餐中吃"也给我良多启发。这是我接下来在德国的日子里幸福的保证。

活动结束后，刘向东飞回国，Mr.刘继续驻扎法兰克福，兔子从柏林开车过来找我，我们一路从南方来到柏林。

后来我常想起我们曾经看过的德国南部的天空。那时是夏季，兔子驱车带着我，我们路过一大片农田。田地里是正在等待被收割的小麦。那么大的一片黄色的田地，不远处的几棵绿树，天空布满云彩，像是很快就要落雨。我们像是无意中闯入梵高的风景画，久久地不愿离去。

四

去电影院看了昆汀的《无耻混蛋》。兔子带我们去的是家很酷的电影院，排队的全是青年男女，一个个穿得都像是从摇滚演唱会上刚回来似的。我涂着很符合本片气质的红嘴唇，穿着银色亮片小吊带外加黑色皮夹克，在这家电影院算是主流了（也就是说与大多数观众的衣着和审美相符）。这里本来就非主流，穿得非主流在人家看来就是主流嘛。

上座率还挺高的，都是西方人，估计中间会有几个是来旅行的美国人或英国人吧。反正全场就我一个亚洲人。德国的中国人不多，柏林即使是他们首都，我每天出门也见不着几个黑头发黑眼睛的。

最后的结局还是令人欣喜的，女孩终于报了仇，但是也由于一时心软（人性？）被追她的那个战斗能手、纳粹小伙子在临死前给杀了。一身红装地躺在地上，但是没事，她的脸很快会出现在大荧幕上，用英语向观众们质问。熊熊的大火啊，烧死他们吧，这时，我想到的是另一部我喜欢的恐怖片《魔女嘉莉》（在这片子里，嘉莉最后用意念毁灭了那些伤害过她的人）。

这片子太好玩了，有天半夜突然想起来某个片段我居然哈哈大笑。在电影院里好多地方我都看得半懂不懂，这片子各种语言轮番出现，可惜只有德语字幕。

对了，里面有个特酷的家伙，就是演过《着火了怎么办》的那个男的，我很喜欢他，不过听说他现在在洛杉矶。

五

我喝着我的朗姆可乐，五欧元五十分的朗姆可乐，坐在柏林某个区地铁站对面街角的酒吧，注视着眼前形形色色的年老或者年轻的人们。这儿的酒可真够贵的。这个价钱在北京可以喝两杯了。又来到资本主义国家，我又感觉饥寒交迫了。因为欧元太坚挺了，人民币太不够换的了。绝对不能大手大脚的了，这可是摔一个杯子都能把自己摔破产的地方啊。我跟自己说就当体验生活吧。

一辆轻轨驶过，明黄色的列车与黑沉沉的桥，这颜色组合如此悦目，同时与西边天空的浅色晚霞相互映衬，让人很有想拿出相机拍张照片的冲动。这个想法刚一闪过，我还没来得及翻包找相机，车就唰唰唰地开远了。

柏林被我称为"世界地下文化的首都"。这里有太多来自全欧洲的年轻人、艺术家，或者爱做梦的人。我总与许多年轻人擦肩而过。我知道他们在打量着我。可我最讨厌引人注目，于是我抬头看天，假装整条街道空无一人。我穿过他们，像穿越过游戏里的各个关卡。是跳跃。

张楚说：要正确地浪费掉剩下的时间。

他还说：我要穿过他们并且潇洒。

我看到许许多多的朋克。走在他们身后，我感觉安全多了。

我何时才能够长大？何时才能够熟练地掌握这个世界？为何我总是那么紧张，那么容易被环境影响？

我凝视着一片落叶以飞旋的速度降落，思忖着又到了故都的秋最美的季节。我却又流窜在外国。真的不是开拓疆土的成吉思汗后代，对于陌生的环境，我感到紧张。

我们借住的兔子朋友的公寓旁边是一个大的公园，公园有一大片的草地。天气好的时候，上面总是坐满了人。有些带着孩子，有些在草地上掷飞镖。有时候我也在草地上拣个地方坐下来，看着他们玩。

我的这个朋友在二十年前曾经是个愤怒青年。他当时生活在东德,最喜欢治疗乐队(The Cure,英国的一支朋克乐队),留着与主唱一样的发型。在他的发白的黑白老照片上,青春依然,让人不由动容。他现在听的音乐,很舒缓,基本是可以当背景音乐的那种。时光是如何将一个人慢慢改变的?我敬了他一杯酒。同桌的加拿大女生却很讨厌朋克,她说他们总是喝醉。"如果一个人十七岁的时候朋克,还情有可原,而当他已经三十七岁,再朋克就不应该了。"我打断她的话,告诉她,重要的是信念。一个人的爱好可以改变,但是信念不会。当然,德国有些朋克是管人要钱活着,这真的不能算独立。而如果你自力更生,同时喜欢朋克,那么又有什么大不了的呢?

我给他画了两张画,当然,画的是过去的他。曾经愤怒的他。

柏林的夜晚,总有些喝醉了的行人在路上大声说话、喊叫。我只想冲他们喊:我爱你。只想告诉他们,孤独的并不是你们一个。用现在流行的话说:咱们喝的不是酒,是寂寞。

就在我胡思乱想之时,又有一辆轻轨驶来。这一次,我还是没时间举起相机，心情却好多了。

六

我年轻的意大利朋友驾车一千公里来柏林看我。他是我的读者，三年前买过我的书。他说从来没有来过德国，于是我邀请他来柏林玩。我帮他找了一家青年旅馆，一晚上只需要十五欧元。有四张床位，第一天，只有他一个人住。青年旅馆的大厅坐着来自欧洲不同国家的年轻人，也有一张亚洲面孔。德国的中国人很少，到处旅行的中国人更是少之又少。

我们见面的第一个夜晚，两个人谁都不了解柏林，一起约了出门逛逛，去酒吧喝酒。我想带他去那家我曾经去过的酒吧，我只记得它在地铁站旁边。我们走了许久，甚至穿过一座桥，看到许多家酒吧，唯独找不到那家。最后我们选了另外一家，同样是在地铁站旁边的酒吧，在路边坐了下来。我们点了两杯自由古巴，它们的价钱更便宜，并且更好喝！每杯都加了两片柠檬，一片青的，一片黄的。这让我开怀大笑起来，好像占了什么便宜似的。

在与他相见的第二天，我终于病了。我原来以为最远的距离，是我从北京到纽约的距离。而现在我发现世界上最远的距离是我与真正的我之间的距离，是我与曾经的我之间的距离。也可以说，是我与我的理想之间的距离。发烧的半夜，想起无数件往事和无数个人，他们就像电影一样闪过。我只是感慨生命无常。同时感到生命短暂。有许多大恐惧和大悲伤。我哭了，非常伤心。我发现我老了，同时发现我很蠢。我有令自己唾弃的一面，也有令自己骄傲的一面。我恨我自己，但我还不想死。

病好的第一天，我便来到公寓附近的游泳馆游泳。这游泳池的深水区比我在华尔街住的公寓下面的大不了多少。而且巨麻烦，要先上楼换衣服，再上楼才能到游泳池。好在有面巨大的玻璃窗可以看到外面，还能享受到从窗外透进来的阳光。我没有休息地游了四十分钟。仰泳，蛙泳，自由泳。可算把这四欧元的门票给挣回来了。

当我第二次去游泳的时候，我才发现，其实它还有另外一个二十五米的深水游泳池，非常专业。我兴奋至极，几圈下来，体力就不支了。回家的时候才发现视线怎么这么模糊，我对着镜子观察半天，这才发现游泳时把左眼的隐形眼镜游丢了……

楼下的小卖部总是聚集着几个酒鬼。他们总是手里拿着瓶酒，围坐在小卖部周围。我与他们相处融洽。其实我们也不说话，只是对一个眼神。

七

我陪兔子去看一个朋友。她叫Jean，住在一条公路旁的房子里，和她的三个女儿。她是苏格兰人，丈夫在中国工作。

她让我想起兔子另一个住在科隆的朋友。一个男人。极其害羞。蓝眼珠。是一位船员。

他们两个一样孤独。我简直想写一篇小说，就叫《两个孤独者的故事》。

白天的时候，我们去超市买了一大堆好吃的，和Jean还有她的孩子们去附近的森林野餐。她的脸上露出了灿烂的笑容，肯定好久没这么开心了。她住的地方，周围太安静，汽车开过的时候又太吵。只有孩子们和她自己，这样的生活实在很孤独。

而森林又太美了，需要有人分享。

兔子的弟弟搬了家，与女朋友Linda分手了。他现在住在一个集体社区，跟几年前我们去过的他哥哥住的社区差不多，只不过比那里还酷。那是一座自己盖的楼，不同的人分居在不同的房间，有一间大的厨房，食物都是AA制，自己做自己买的食品。洗手间是单独的。生活模式非常嬉皮，特别贴近大自然。有一家人住在院子里停放的一辆红色奔驰救火车里。那是一辆三十年前的车。还有人住在一辆大的、带有白色厨房的车里。

我看到了这里最美的两个女人。一个是金色短发，上面别着两个简单的黑色发夹。另一个高瘦，褐色头发，浓眉。她们都穿得很简单，完全没有我们在都市里看到的那种浮华感。她们是大自然的孩子。

阳光终于出来了，大家脱掉了外衣，舞台上有个年轻女人在弹吉他唱歌，唱的是英语。

我希望宁也在这里。也许她会喜欢这里。至少她可以欣赏一下这里最漂亮的两个女人。

晚上这里经常有篝火晚会，烤肉，喝啤酒，听着附近不知道哪里传来的狗吠和虫儿们的低鸣。

社区里有许多的孩子。几乎每个人都有孩子，两个或三个。我有时候很羡慕这些孩子。他们的童年非常幸福，拥抱着大自然，有人可以玩耍。即使生活简单而基本。

第二天我看到了Linda，我很喜欢她，看她不太开心，赶紧叫住她，然后回房取出一瓶香水递到她手上：送给你。是一瓶Gucci的Envy me，这瓶香水是性感的花香，粉红色的瓶子，它的香味给人的感觉是娇俏又不失骄傲，应该很适合她。她很高兴，送别人礼物最大的快乐就是这份礼物对方很喜欢，并且适合，这样自己也会开心。

补记：几年后，我与兔子分手。2012年，兔子的弟弟因事故意外身亡。我们十分想念他。

漫漫自由路

2010年的春天,世界杯之前,应南非大使馆的邀请,我和国内的十几位博主去了南非访问。

南非是拥有世界三大贫民窟之一的国家,其他两个是巴西和印度。电影《第九区》里导演选择关押外星人的地方就是约翰内斯堡。为什么导演会选择这个地方?因为南非曾经历过一段漫长的种族隔离时代。这里贫富差距极大,隔阂仍然存在于不同的人种之间,犯罪率居高不下,尤其是在约翰内斯堡。从机场出来到市区的路上,排列着许多铁皮屋组成的贫民窟。与整洁的市区形成鲜明对比,象征着阶级的分裂。可惜我们没有机会去拜访"索韦托",那里是世界上最大的贫民窟之一。

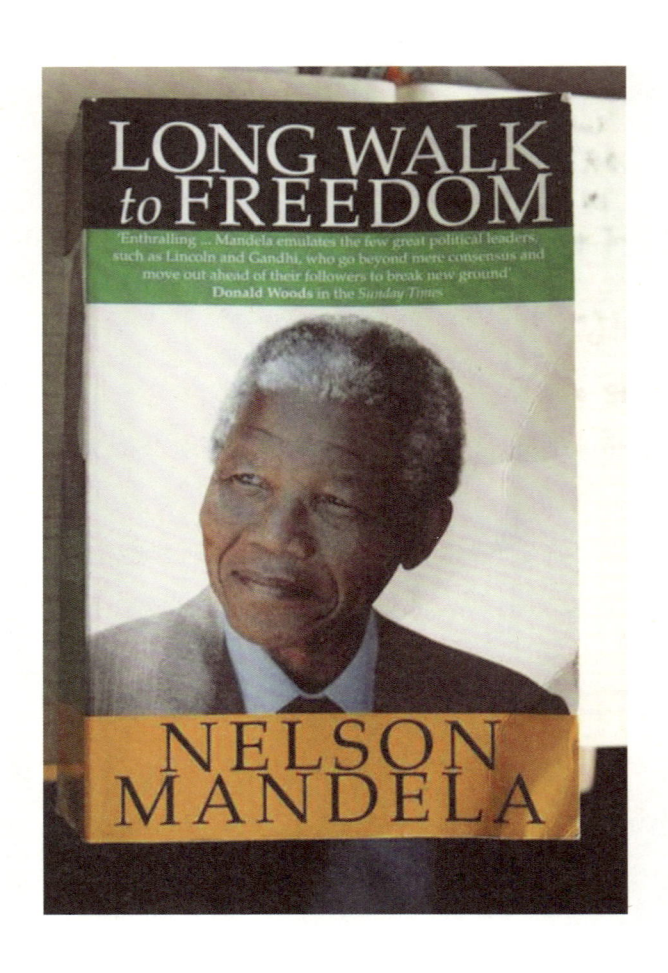

在当地市场买的曼德拉传记

我们在坐车的时候，会碰到路边卖杂志的人，就像咱们国家在车流中送小广告或者卖报纸的人一样，只不过人家不是送卖楼的广告，而是卖杂志。我买了一本，十三兰特，是无家可归者办的杂志，叫 *The Big Issue*。

在开普敦的二手市场上花一百块当地币买了一本曼德拉的传记，很有纪念意义。

"黑色肌肤给他的意义/是一生奉献肤色斗争中/……可否不分肤色的界限/愿这土地里/不分你我高低/缤纷色彩闪出的美丽/是因它没有/分开每种色彩"。Beyond乐队的黄家驹从巴布亚新几内亚旅行回来后，便创作了这首《光辉岁月》，表达了对种族歧视的反对与厌恶，并向曼德拉致敬。

种族隔离博物馆里面不允许拍照，于是我们都把相机放进了车里，用自己的双眼和心灵来感受在种族隔离期间（1948年到1994年），有色人种们在南非所遭受的奴役、虐待、羞辱、遭遇的种种不公待遇，及如何最终斗争胜利的历程。这是想要了解南非历史的人们不可不去的一家博物馆。馆内用图片和影像的方式让我们了解到当年的许多黑暗

在种族隔离博物馆前留影
(摄影：Leon)

内幕。比如黑人的孩子们上学时没有课桌,只能趴在地上写字,而黑人们的医院破烂不堪,有张照片是一个女人躺在由两把椅子拼成的"病床"上。看着看着,眼眶便忍不住红了,直到看到黑人反种族隔离斗争过程的录像片时,那种在观看过程中混杂着同情、愤怒、自豪的感情终于让我的泪水无可遏制地流了下来。

其实刚一进馆,我们就体会到种族隔离所带来的巨大差异。白人和有色人种分别用不同的身份证,从不同的馆门进入馆内。

为了争取自由和权利,南非人民付出了艰苦卓绝的斗争,墙上展出了一些当年为反对种族隔离斗争而献身的斗士的照片和事迹。

馆里还展示了当年监狱的一些状况。那是一间小黑屋,没有阳光没有窗户,生活环境极其恶劣,门很重,如果撞击会发出巨大而刺耳的噪音,这当然也是当年为了折磨犯人们所特制的。曼德拉就曾经在这样的监狱中生活过二十七年。后来他写了一本自传,叫《漫漫自由路》。

参观完种族隔离博物馆,回到宾馆,我打开电脑找出《光辉岁月》又重新听了一遍,仍然感到激情澎湃,好像有热血在胸中燃烧,那就是自由的力量。正如种族隔离博物馆门口竖着的"Freedom"石碑一样,需要牢记于心——自由属于所有不同肤色的人。

开普敦,它是一座由美丽的海滨与一座标志性的山脉温柔围抱着的半岛,近郊布满葡萄种植园,城市里住着许多不同种族的居民,使南非无愧于"彩虹之国"之称。

我们来到这里后,每天吃喝玩乐、起早贪黑,也是有点累人的。白天去游览了横跨这个半岛四分之三面积的桌山国家公园,在缆车上俯瞰整座桌山,在平整如桌面的山上散步。当阳光灿烂天气晴好的时候,这里的风景绝佳,非常值得一游。

下午在我的强烈建议下,大家一起去长街(Long Street)漫步,坐在街边两层的有着白色铁艺阳台的酒吧里,边看楼下的街景,边品尝当地产的白葡萄酒。长街是开普敦的一条著名的街,不论你是打算逛古玩店,淘二手书,还是看看街头服装小店,或者是流连于咖啡馆和夜晚开张的酒吧、俱乐部,这里都能满足你的一切所思所想。这里有着许多维多利亚时代的建筑,墙壁的颜色鲜艳,如亮红色、海洋蓝色、鲜

上图　在曼德拉广场吃午饭时，听说我们来自中国，服务员要求合影留念，说有机会想去中国旅游

下图　在参观葡萄种植园时，当地妇女给我脸上画上油彩涂鸦，可以洗掉的那种

我和平客在桌山山顶聊天小憩

黄色，一切能刺激你视觉的颜色都与南非阳光灿烂的天气结合融洽。除了南非的英雄曼德拉，格瓦拉的海报随处可见，看来南非人民热爱格瓦拉。

晚餐，我们是在坎普斯湾（Camps Bay）旁边的餐厅享用的，因为从市中心乘车到这里只需要十五分钟，所以这里成为这座城市最热门的沙滩。傍晚时分，沙滩上聚满了来此放松的人们，还有人在这里举行婚礼。晚餐后，我们几个人从宾馆回到了长街，正赶上这里一年一度的嘉年华大游行，我们都兴奋坏了，一天的疲惫随着游行的花车和形形色色打扮的人们而烟消云散。游行过后，我们挤在酒吧里喝着酒（这里的酒比水还便宜）感慨，此时才算是了解到南非这个国家的魅力——生机勃勃、文化交融、乐观而又放松。

北京也有山有海，山是香山海是后海，但是……开普敦有的可是真正的山和真正的大海。你要山盟海誓在同一天内完成，去开普敦吧！最浪漫的也许就是在夜晚驱车上山，从山顶一览无遗地看到下面的满城灯火及黑暗中的大海。

自从我们来到南非后，还从未轻松自在地自己出去逛过，每天都是集体活动，这就相当于我们天天去长城、故

上图　在开普敦长街的咖啡馆喝当地产的干白和啤酒
下图　从沙滩上玩回来，大家都很开心，正在研究菜单

宫、颐和园。美则美矣，却离当地人真正的生活千万里之遥。有天晚上，南非电视台的记者贝力带我们几个人去当地酒吧体验生活。他来宾馆接到我们，载我们来到一条街。这条街在夜晚也挺热闹，窄窄的街道上，随处可见酒吧、唱片店和俱乐部，步行的人随处皆是。我们觉得很新鲜，在南非很难在夜晚的路上见到步行的行人。"这是南非的南锣鼓巷!"平客感慨道。

第一家酒吧，其实是家台球厅。几个不打台球的人来到一家台球酒吧。一人一瓶酒之后，我们离开接着去另一家酒吧。当晚繁星满天，微风拂面，身边又有着几个一直在一起的好友和新认识的朋友，我们终于能像当地人一样来休闲娱乐了，心情真的太好了，现在我想起当夜都会忍不住笑起来。

第二家酒吧，一进去我就惊了一下。这家酒吧里几乎都是黑人。来到南非后，我们一直都在富人区游荡，每天不是去大公司、银行，就是去国会和政府机构，从未看到过普通市民的生活。

在喝了几杯后，贝力开车带我们来到山顶。夜晚寒风呼啸，海浪拍打着海岸，天边是一轮弯弯的月亮及四周闪烁的星辰。换一个位置，整片海滨便梦幻般出现在眼前，让我久久沉迷其中，不愿离开。我也曾从山顶俯瞰过蒙蒙细雨中的旧金山，也很壮观，但比起开普敦，旧金山缺少了一种非洲所特有的狂野之气。这应该是此生至少要去一次的城市。

"还想喝吗？"贝力问我们。

"当然！"谁都不想让这个夜晚这么早结束。

当夜的最后一家酒吧，我们又去了长街。

我们来到一家在二楼上的酒吧，酒水便宜得令人震惊，一杯鸡尾酒只要人民币十五块钱。身旁挤满了与我们一样来自各国的游客，他们说着各自的语言，却都在这里找到了快乐，我冲他们举起酒杯。

附：归国七日

从南非回来后的第一天，千不该万不该，又看了一遍《第九区》。看完我大哭一场。第一次看的时候，是在去南非的飞机上。当时没有字幕，我看得半懂不懂。但我看懂了结尾。我看到他在做一朵钢铁玫瑰花，用从垃圾中捡来的材料。再次看的时候，我看懂了一切。

回来后的第二天，我在傍晚走到河边，手里拿着本萨特的小说，坐在椅子上看几个小男孩踢足球，看夕阳慢慢落下。那耐心不亚于在坎普斯湾看落日。天气乍暖还寒，北京的春天还未到来。

当天晚上，我将前一天在出租车上捡到的手机还给了它的主人。他很年轻，可能在西餐厅打工，一个劲地感谢我，还送了四盒手工点心。回家打开一看，是心型的，真感动。这给我感觉，生活还有希望。

回来后的第三天，我在思考退休后的生活。我要住在一个有山有水的地方，安静。过种独立而平静的生活。

回来后的第四天，我见了她，我的好朋友。她来到我家旁边，夜晚我带她来到我常坐的长椅。只是她一直在谈爱情。其实还不都是因为寂寞嘛。

我把"孤独星球"系列（"Lonely Planet"）整整齐齐地放在书架上。已经去过的美国、德国、非洲。还有没有去过的柬埔寨、英国、日本。也许还应该再买几本。

回来后的第五天，还是感觉活在未来和过去。仍然不是活在现在。我打算去看一部关于"文革"的纪录片《八九点钟的太阳》。是八九点的还是七八点的？我记得更年轻的时候，十六岁的那个夏天，我经常躺在床上，翻阅关于"文革"时的书籍。

回来后的第六天，我得知一位朋友背叛了我。但我并未感到愤怒。我已经可以很清楚地分辨真正的感情和虚假的感情了。我已经不会再为洒掉的牛奶哭泣。我不再随便用"很有爱"这样的短语。有没有爱是需要时间来证明的，而是否真诚，是需要事实来检验的。

回来后的第七天，新闻手机报把我吵醒：南非极右翼领袖、鼓吹建立一个独立家园的白人至上主义者特雷布兰奇，今天在自家农场遭谋杀身亡。南非媒体报道，特雷布兰奇遭杀害的消息传开之后，南非西北省公共安全部部长亚瓦呼吁各界冷静。据传，特雷布兰奇与两名工人因未付工资问题起争执后,在他位于西北部的农场遭到攻击杀害。

现年六十九岁的特雷布兰奇是南非的极右翼领袖,他一直奉行白人至上主义,并声称要恢复南非的种族隔离制度,创造一个只有白种人的共和国。

一声叹息。

"汉城"的雨

一

半夜，雨又开始下起来，这是今天下的第三场雨了，韩国进入了雨季。每年7月、8月都是韩国雨季，潮湿高温。随着雨开始变大，我觉得有了点凉意，赶紧套了件衬衫。这个季节，在北京是穿不住长袖的，即使在夜里也是闷热无比，睡觉的时候必须开空调。首尔完全没有这问题，正好相反，半夜我被空调冻醒了，关了空调才又睡着。

2011年夏天，即将出版我小说的韩国子音母音出版社联系上延禧写作村，邀请我作为驻站作家，来韩国住一段时间。同时，出版社希望我和韩国年轻女作家能够交流，就同样的主题，分别写一部长篇小说，明年在中国和韩国同时出版。当然,这也要看我们的兴趣了。我来之前,同样也写小说的盛可以已经在韩国了。我在北京的时候就跟她约好要一起玩。

一出机场,网友赵炜峰和出版社的金小姐就已经在等我了。金小姐很年轻,也是80后,皮肤特别白,脚指甲上涂着淡蓝色的指甲油。发型是韩国女孩比较常见的短直发,后来我才发现街头很少有染鲜艳颜色的头发或者是烫发的女孩,比起来还是在北京街头看到的女孩儿更喜欢尝试不同的风格。小赵比我小几岁,在韩国留学。

车子停在半山腰的一座铁门前,里面看起来像个度假别墅区,有大片的草坪、随处可见的长椅和公厕。

"这里有公共的休息室、公共的厨房和洗衣房,这都是保证入住的各国作家们安心写作的必要条件。"金小姐笑眯眯地对我说。她的中文比较标准,原来她是梨花女子大学毕业的,后来还去中国进修过一年中文。

我的屋子包括一间十几平方米的书房和一间十平方米的卧室,还有一个小小的厨房和淋浴间,这样条件的房子要租的话估计会很贵。

在延禧写作村，写作村派来的专业摄影师为我拍了几张照片

来韩国前我就有些焦虑：要在这里待上一个半月，会不会饿瘦？几年前我去过朝鲜，跟团旅游的那种，一天三餐都能吃饱，只是没有零食，传统的韩式饭菜不是泡菜就是烤制的鱼或者肉，没什么太多热量，吃完很容易饿。当然韩国是发达国家，不愁吃饭，只怕吃不习惯。果不其然，来之后第二天，子音母音出版社的社长和编辑们请我和女作家盛可以一起吃饭，除了一个个碟子里装的泡菜之类，最硬的菜就是三盘鱼。一盘秋刀鱼，一盘烤鱼，剩下一盘是用辣汁泡过的烤鱼。每个人一碗米饭和一碗大酱汤。鱼的味道不错，可是我实在不知道怎么把这米饭吃下去——没有下饭的菜啊。我猜这顿饭还便宜不了，估计都是平时自己不舍得花钱吃的。

幸好有网友小赵。他说他那完美的厨艺就是因为留学才学会的。记忆里家乡的美味和家常菜无时无刻不在勾引着他的胃和他的乡愁，在吃遍了韩餐之后，他冲进一家大型超市，买齐了所有做菜用的锅碗瓢盆，回国度假时又带回来一袋袋调料，比如黑胡椒、鸡精之类，从此成为一代80后名厨，在首尔的留学生里颇有名气。现在他的最大爱好不仅仅是做饭，还喜欢给自己做的菜拍照上传到博客上馋别人。我住的地方有一个小的厨房，我打算这一阵就得学着自己做饭。

小赵陪我坐地铁去了一家大型超市,据说这里比别的小超市要便宜不少。我们买了所有做饭的工具和材料:铁锅、炒勺、油、酱油、醋、菜、牛奶、酸奶、咖啡粉,甚至还有一袋儿大米。当我们走出超市已经是半夜了,又开始下起雨来。就这样我们为了省钱,仍然坐了几站地铁,才决定上来打车。我们在路边等车的时候,我突然想到在纽约的生活,这种落魄劲儿真像是旧梦重来啊,只不过那时候可真没为吃饭太发过愁。

盛可以住在离我不远的另一个区,要经过"杨花大桥"。她跟我说,出门打个车,发出"Yang wa da qiao"的音就成了,司机能听懂。原来韩语跟汉语的发音有许多相似之处。这就好办了。她住的地方是出版社帮她找的一间单人公寓,住宅楼看起来平淡无奇,房间的面积也只有十几平方米,配一个开放式小厨房和淋浴间,据说这样一间麻雀虽小五脏俱全的单人公寓需要五千块人民币一个月。第一回做客,小赵和盛可以分别做了菜、蒸了米饭,我们撑得肚儿圆才放下筷子。

写作这件事，主要是看心情，环境也是重要的。要是给作家们一个恐怖电影《闪灵》那样的环境，当然了大家首先的任务是去逃生。在生存面前，写作远远被抛到了后面。就像烦琐凡俗的家庭生活极其影响写作一样，在写点长篇之前，真得安顿好自己。怎么安顿好自己？当然要先安顿好自己的五脏庙。在韩国，每天吃什么成了件大事。每天我醒了就煮咖啡，煎鸡蛋，然后想着下午要吃什么。在吃过几次韩餐后，我决定还是吃中华料理吧。感谢我那中国的胃，即使不会做，也吃过那么多好吃的食物。于是我照猫画虎。首尔的蔬菜不用说也比中国的品种要少，每次我去超市都发愁。想吃的好多都没有，仅有的菜也比国内贵了许多。韩国绝大多数为山地，能够耕种的土地有限，另外韩国过去多年的工业化使得农业对该国经济的重要性大为下降。从新闻里我了解到：韩国历来遵从"农者天下之大本"的古训，但粮食自给自足的梦想从未实现过。三年朝鲜战争更是让韩国农业基础受到破坏，战后不得不长期依赖进口美国剩余粮食度日，这种"无粮食主权"的悲惨岁月，成为一段抹不掉的记忆。虽然韩国大米生产自给有余，但其他粮食却依然严重依赖进口，韩国的总体粮食自给率一直在低位徘徊。这就是为什么韩国的化妆品和衣服明显比国内便宜，而食物就相当贵了。因此，他们很节约，不喜欢浪费。

至于水果，就更不用提了。听说在韩国吃水果都是切成片吃的，很少有像在国内那样一人一只苹果或者梨抱着啃的。那我也不能不吃啊，我必须每天吃水果，后来我看中什么水果根本就不算汇率了，拿起来放在筐里就是了。

二

比起在海外拥有不小影响力的韩国电影或韩式流行乐，韩国的当代文学似乎并不特别发达。这是为什么呢？赵炜峰说他觉得这是因为韩语过于简单直白造成的。在1970年，朴正熙政府一度下令废除汉字，学校教育中只教授韩语。这种"去汉化"直接导致了韩国整整一代人完全不懂汉字。在韩国年轻一代的眼中，汉字已显得那么陌生。而韩国是受中国影响的儒教国家，韩国古代很多书籍是用汉字撰写的。如果人们不懂汉字，与传统文化之间的根就断掉了，韩国传统文化的精髓必定将日渐流失。韩语本身不具备汉语的多重语义和微妙性，在写小说和写诗的时候，肯定影响到表达。

至于英文，韩国年轻人英语水平应该在中国年轻人英语水平之下。这从发音就能听出来。

即便如此，我还是体会到韩国对于作家和诗人的尊重。延禧作家村里住着十几位韩国本土作家和诗人，与他们会面时，他们会自豪地称呼自己为"诗人"；而在中国，即便你是写诗的，也不好意思直接说自己是"诗人"，最多会说"我平时写诗"或"我喜欢写诗"。

出版社的编辑告诉我，诗集在韩国仍然能够卖得动，有些还卖得不错。

韩国出版的小说，封面和内文用的纸张都很考究，每本书印数也许只有几千册，但在设计上决不怠慢。

很快我就发现韩国的当代文学十分丰富，通过一本《韩国出版文化专业杂志》（*List-Books from Korea*）我了解到了许多位富有想象力和创造力的小说家和诗人。其中我最喜欢的是古灵精怪的朴玟奎。他于1968年出生，作品集中在成人之前的青春期少年身上，致力于揭露埋藏在人性深处的暴力和世界自身的本源状态。代表作有《地球英雄传说》《三美超级明星队最后的球迷俱乐部》《乒乓》等。评论家说他的作品风格荒诞而富有想象力，幽默而又有严肃的内核，看他的作品有种看动漫的画面感，听起来应该是我喜欢的那种小说。可惜，我看不懂韩语，而他的作品也没有翻译成中文。那本杂志里有篇对他的采访，照片上的作家戴着副黑色墨镜，一看就是个摇滚青年。果然，他说他喜欢摇滚乐队，平时也会听古典的布鲁斯音乐。

住在我对屋的邻居，是韩国当代有名的女作家姜石景，她爱旅行，这能从她作品的书名看出来，如《世上的星星都升起在拉萨》《去印度的多多》及《印度纪行》，她的小说大多讲述社会底层老百姓的生活和愿望。她曾在中国出版过短篇小说集《深林之屋》，其中这篇有代表性的同名小说，讲述了一位女大学生因为与周围环境格格不入，退学继而自杀的故事，着重刻画了年轻一代理想与现实的矛盾。在看这篇小说的时候，我情不自禁地想到了自己的写作题材。同样是讲述年轻人不愿妥协、承受着家庭和学校的精神折磨，姜石景的文风显然更神秘主义、更女性化，得出的结论也更加悲观。另一篇小说则写了60年代，为了生存，在韩国的美军基地出卖青春，用身体来挣钱的妓女们的生活。窥一斑而知全豹，韩国作家们不惮替那些底层的弱势群体代言，更敢于写出因自己国家的历史而承担生活重担和精神苦痛的人们的真实过往。

三

我与同龄女作家金惠娜很快熟识起来,她的英语名叫Hena,1982年出生在汉城(今首尔),刚在子音母音出版社出版了一本长篇小说*Zilly*,讲的是一个女孩爱上了一个男妓的故事。尽管小说写的题材很前卫,但Hena其实很内向害羞,她自称喜欢安静的生活,不爱逛街,最大的爱好就是文学和瑜伽,每天都去瑜伽馆教课。

每天,我都会尽量出门走走。即使下雨,也要撑上伞出门逛逛。公交线路很方便,和北京一样是刷卡,没有卡,可以投币。我和小赵常去弘益大学附近逛。那里有许多可以逛的地方,这所学校的美术系最著名,学校周边也充满着自由的艺术活力。走在这条街上,还会经常听到不同风格的音乐,街心花园里也时常有音乐爱好者们的现场演出。我最喜欢的是这里有许多家形态各异的咖啡馆。在这里的星巴克,我还发现有晒干的咖啡沫可以免费拿,咖啡馆的人把咖啡渣

傍晚，我去写作村周边散步

子晒干，放在纸袋里，供有需要的顾客拿走。我感到好奇，拿回去一包，这样抽烟的时候就能消除些空气中的烟味。

我问小赵在这里上学会不会寂寞。他说还好，他发现韩国的同龄人要比国内的单纯、轻松，也没有中国年轻人那么多的压力。这里的主流价值观就是上好的大学，进大公司效力。韩国依然是个受中国儒家传统影响颇大的国家，它并不像美国那样鼓励个人主义。事实上，这个国家更重视的是集体或者说是团体，年龄小的人向年龄大的人说话要用敬语，年龄大的会自觉罩着小的成员。韩国人仍然保持着见面和道别时鞠躬的习惯。"刚来的时候，我很不习惯，觉得凭什么要向你鞠躬？后来我意识到，这礼貌的习惯正是人与人之间的黏合剂。"

这有利有弊，比如儒家思想就与权威主义之间有必然的联系，容易扼杀个人自由和创造力。

另一方面，韩国人的半岛性格造就了他们的刚烈与执拗。人们习惯于非黑即白的思维模式，这点同样体现在他们争取权利与自由的方式上。"刚来韩国的时候，我看到有人在街上游行，还有防暴警察，作为一个中国人真是印象深刻，当时觉得这个国家怎么这么乱？后来我才意识到，也许社会本该如此。有不满意的事情，就该抗议。比如年轻人觉得学费贵，就会去市政厅去游行、去抗议。"

游行在韩国人看来很正常，韩国的小说也不回避这个话题，我在韩国看的几本作品，里面都提到了不同年代的游行。比如朴正熙年代的年轻人上街游行，这在许多韩国作家的小说里都提到过。朴正熙是推动韩国经济崛起的英雄，但韩国人评价他，首先会说他是民主的敌人。

雨一直下着，从昨夜下到白天。实际上每天都在下雨。每天只有短暂的几个小时是雨停的时间。自从我来了以后，还没有在这里见过太阳。电脑在自动播放着音乐，正在放着马勒第四交响曲。雨声和音乐声混杂在一起，像是电影配乐。

无论如何，我要出门走走。我换上一条紧身牛仔短裤、一件长袖黑色T恤，穿上昨天刚买的那双军绿色高帮匡威All Star，撑着那把小赵送我的黑伞，小心地出了门。

写作村空无一人，只有雨水还持续不断地浇在地上。尽管不大，但这淋漓不断的雨还是让人感到恼火和凄凉。

四

今天,我和Hena约着去玩。我们先去新村附近吃了午饭,喝了咖啡,又去逛商场。一人买了一件化妆品。她买的是眼线笔,我买的是指甲油。她说我要走了她很伤心,还买了一个Benefit的腮红送给我。我说走之前,给她炒菜吃。下午,我们去了江南的一家叫10 Corso Como的精品店。所有女孩都喜欢逛街,我和Hena也不例外。尽管她曾告诉我她不喜欢购物,但那面对漂亮衣服所流露出的惊喜眼神,是骗不了另外一个女孩的。这家精品店里的衣服都是法国和意大利的高端品牌,此外还有大量的艺术书籍、有机香薰蜡烛及化妆品,每样货品只有几件,以精致和简约为主,每一件衣服都美丽且昂贵。这里像一个迷宫,地板和墙上都印着圆圈的图案,就连洗手间里的手纸,也印着同样的图案。

当然,我们一样东西都没买。

出于好奇,我在超市买了三本国际女刊韩国版,*Vogue*、*Vogue Girl*及*Cosmo*,都是最主流的时装杂志。刚看了二十分钟,就被里面的各种三白眼、单眼皮给刺激着了。我期待回国看中国版的,至少五官比例顺眼不少。为了公正,我要

与Hena及其友人在我们喜欢的咖啡馆聊天

说，韩国女人打扮得都很顺眼，但眼前一亮的没有。眼前一黑的，也没有。比较小家碧玉。全是上挑眼线，看着想揪下来。一脸惨白，绝对一脸惨白。逛几条街都找不出一张独特的脸，基本都一样。这么一想，我宁可回去面对北京大街小巷形形色色打扮的奇葩们。

Hena听说我对瑜伽感兴趣，就说带我一起上次瑜伽课。我们是坐公共汽车去的，能看出来，在生活上Hena很朴素，她不怎么穿名牌和华丽的衣服，只有一次拎了一个黑色的香奈尔手提包，我说好看，她不好意思地说这是她妈妈的。Hena所在的瑜伽教室，在一幢低矮的商务楼内，周边是居民区，参加课程的女孩们年龄各异，应该是各行各业的瑜伽练习者。这是个彰显平民精神的瑜伽班，绝不奢华，屋子里的陈设也普普通通。Hena教得很认真，我跟着她的姿势练，很快就出汗了。她说的是韩语，听不懂，但不太影响，偶尔她还会特意过来纠正我的动作。课后，我发现她也出了一身汗。我要给她钱，她笑着说免费，死活不说价格。

Hena说她以后就想以写作为生，而教瑜伽是她赖以生存的职业。这两个职业都很适合她，我为她年纪轻轻就做好了人生的选择感到高兴。那时候我还有一些迷茫,没有想清楚自己是要通过写作生活还是另找一份兼职。Hena比我清醒,这可能是在发达资本主义国家成长起来的人共有的特点吧。他们早早就看明白了社会,选择一条适合自己的路,不抱怨,也不自怜。

8月初,我去了夏威夷和纽约,等到中旬再回来时,发现雨季还没有结束。长时间下雨,让屋里变得无比潮湿,我不在首尔的这两个礼拜,雨根本就没有停过。LV旅行箱上都发了霉,准备用作烟灰缸除味的咖啡渣也长了毛。睡觉的时候很不舒服,被褥都不够干爽。趁偶尔天晴,只好把被褥都抱出去放到长椅上晾晒。

在这里住了一个多月,各种杂物都堆成山了,衣服、鞋、冰箱里的吃的,从国内带来的加上这边图书馆借来的书及杂志,还有刚来时冲动购物买的各种化妆品、护肤品……Oh My God,要爆炸了。赶紧,扔的扔,送人的送人。

在这不到两个月时间里,我至少买了十五双鞋(在美国就买了七八双),在纽约的时候,我就当机立断扔了几双,不能攒鞋,应该进一双出一双。

"汉城"与我的童年

据说,在一个地方待太久了,很难客观而尖锐地说出那地方有什么特点。如果只是停留一小段时间,倒是可以滔滔不绝地说一说。算起来,我在首尔也快住了一个月了,这座城市时常让我有所感悟,有时候心头滋味却又比较复杂,不知道该如何面对它带给我的冲击。

在这里,常让我想到小时候。我在山清水秀的山东农村度过童年,至今觉得那是人生最幸福的一段时光。上小学后,我随父母来到北京生活,每年还会回老家看看。我喜欢农村的自然风光,小时候总是和小伙伴们去爬山、去河里游泳、去田里给劳作的大人送午饭。这样的生活自从来到北京后就戛然而止。90年代的北京还比较空阔,现在五棵松体育馆的位置,就曾是一大片农田。我上小学的时候,学校还组织高年级同学去那里学农。

意外而惊喜，在首尔的旅居让我时不时想起美妙的童年时光。每天，我都会听着虫鸣入睡，早晨也会被蝉鸣吵醒。下过雨后，更是有各种蛙声，间或还有布谷鸟的啼声。从声音上，我就重返了童年。韩国人热爱自然，不像日本人那样喜欢雕琢的盆景和布局，也不像中国人一样追求雍容华丽，他们更喜欢不造作的生活环境，喜欢把自然与自己的生活环境融合起来。因此，住房附近丛生的野花、野草都是很常见的。花落在地上，清洁工也不刻意去打扫，仿佛是让人们去欣赏自然的原貌——有盛开，就有凋落。街心花园随处可见，首尔的绿化做得非常好，生活在这里，眼睛很受抚慰。在这样的环境下，联想起唐诗、宋词是很容易的事。

祖国的大好河山有各种美：壮观的美、灵秀的美、如诗如画的美。见过一篇采访，韩国某旅行社发言人说："中国人见惯了泰山、万里长城、紫禁城这样的宏伟景观。因此，他们常抱怨，雪岳山也不过他们村后山头那么大。"刚开始来韩国时，我也抱着这种态度。的确，中国具有丰富的地形地貌，千姿百态的风土人情，中国这么大，我还有许多省份没有过去，仅仅一个小小的韩国，有什么值得看的呢？

在这里，怎么能体会到"大漠孤烟直，长河落日圆"的胜景呢？很快我就意识到，大国心态容易令自己和国人骄傲。就从利用环境上来说吧，韩国人珍惜自己的自然环境，无论是城里还是郊区，都很干净。他们在有限的环境上建造了许多公园，以便让市民们闲暇时可以亲近大自然，基础的洗手间、餐馆和便利店也随处可见，完全不因为是在郊外就放低标准。在公园里随处可见抱着仅仅出生几个月的孩子出来游玩的年轻父母，和中国传统文化里推崇的不同，韩国的年轻父母不骄纵孩子，愿意带他们出来，鼓励孩子们从小就热爱小动物。

中午醒了之后做了意大利面，这是最快能吃上的饭，简单，快，味道还可以，主要是在加了几头蒜之后。这潮湿闷热的环境里，食物太容易坏了，一不小心，连蒜都坏了。这里的超市卖一种剥好了的蒜，上次我一懒，就买了一袋，结果放了几天，居然有一大半坏了，赶紧连袋都扔了。这一阵我悟出一道理：东西越少越好，但得全，并且必须得是精品，质量一般的花哨东西，看着都烦。这不是韩国这边房子小嘛，我住的这写作村一人一间大屋，或者是两间小屋，一间用来睡觉（加一个灶台，可做饭），一间是写作室，每间都只有十来平方米，再加上我这两间房的窗户都很小，把门一关，有种坐牢的错觉。我的写作间更是雷人，从小窗户望出去，是几棵松树的底部和蔓延下来的草，也就是说地平面比栽种的树要低不少，因为这写作村位于半山腰，在一个小山坡上。

阳光暖烘烘的。阳光真是人必不可少的东西啊，带给人温暖和正面的力量。出门去买隐形眼药水，都觉得浑身冒着热气。

我躺在门前的木头长椅上，沉醉进松树掩映下的黄昏。天上有几朵云在缓慢地流动。耳边只有不知疲倦的虫鸣，听不到机动车的声音，更无闹市街头的嘈杂。我望着天上的云朵不知不觉消失，忘了自己身处何处身在何时。也许是在唐朝，也许是在黄河边上。也许是在中国某个北方省份的农村。也许是在不知名的郊外。

美得空，美得静。王维的《归辋川作》里写过："谷口疏钟动，渔樵稍欲稀。悠然远山暮，独向白云归。菱蔓弱难定，杨花轻易飞。东皋春草色，惆怅掩柴扉。"这种清新淡远的意境，竟然让我在韩国的首尔找到了。或者不妨说，这

这是韩国版《北京娃娃》的封面。除了这一头红发,其实她长得不像我,但这一头红发还是抓住了精髓

里让我想到了唐朝，想到了王维。

然而，当我再起来时，看到松柏尽头是高楼和一个红色的十字架，它提醒了我这是异乡的都市。多希望在中国，也能找到这么个所在，不被打扰，就自己享受自然的美，同时也并不与世隔绝。城市与自然能够共存、共融。

补记：2012年6月，《北京娃娃》韩语版终于出版。

夏威夷的海

头戴素馨花。Frangipane。这是夏威夷常见的一种花，颜色有白色、橙色、粉色，间或夹杂些许黄色。有香气。我们住的地方，服务员都会采下一大把素馨花配上绿色的叶片，放在房间当作装饰。而夏威夷的州花则是扶桑花，又称芙蓉。《南越笔记》称之为佛桑，《广群芳谱》称扶桑，《南方草木状》则称赤桑。扶桑花红形美，如木槿花，其花朝开暮落，而又叫日及。在这里到处能看到扶桑花，盛开热烈，颜色如火。

夏威夷隶属美国，包含了八个大岛和一百多个小岛，有着壮观而令人瞠目结舌的美景，被马克·吐温称为"停泊在大洋之中最可爱的岛屿舰队"。岛上原住民是波利尼西亚人。我和Mauseu住在毛伊岛（也称茂宜岛）上，此岛据说

夏威夷的日出

是夏威夷最美丽的岛。此话名不虚传,在任何一片沙滩上,都能看到碧蓝纯净的大海,美丽一如水洗过的蓝天,洁白而光亮的沙滩和椰树在海风中摇曳的美景。同时这里为与海洋运动有关的一切活动提供了最好的环境,如冲浪、水上帆船等,仅仅是看着他们在海浪中嬉戏就有心跳的感觉。躺在沙滩上晒太阳,翻杂志,或者只是看别人戏水,就是这里最平常也最美好的下午。

天气多变,清晨下了一阵雨,很快便又天晴。雨随时而至,很快又会停,运气好的话,还能看到彩虹。空气清爽干净,绿树、无数种鲜花和各种美味的水果,在这里,每分钟都是浪漫的享受。风很大,不远处传来海浪的声音。大海就在视线所及处,在这里就会想起那首忘了是谁的诗:"无边的大海将你我隔开……"

再次来到美国,首先体会到的是令人心神迷醉的大自然,无人能取代。

夏威夷的确太美国了,有时候我甚至觉得这里被开发过度了。除了风景,这里的一切都跟纽约没什么区别,尤其是当我进入一家有机食品超市的时候,感觉就像在纽约的任何一家有机食品超市。也许这也是件好事,至少它们的价值观是统一的。

再美的风景看多了也会腻。就在我对夏威夷开始厌倦的时候,我无意中来到大海滩(Big Beach,即马可纳海滩公园),位于毛伊岛南部。此时正是黄昏,落日无比美丽,除了静静地躺着看变化的云,听海浪传来的声音,简直别无所求。无法用相机拍出它的美,天上有那么多种颜色的云霞,它们不断地变幻出各种美妙的色彩,橘红、鹅黄、淡紫,甚至还有柠檬绿。冲浪的少年都已回家,我还在静静发呆,不愿离去。有没有一杯鸡尾酒都不重要,穿不穿比基尼也无所谓,天空与大海就是最美的风景。有那么一瞬间,我以为我在蓬莱。醒来后情不自禁向大海走去,循着海浪的召唤。

这条海边小路美得叫人心碎,夜色将它点缀得黑暗深沉,带着神秘,像极德国的海边小路。没有美国那种典型的干净整洁的匠气,只有青春之美的惆怅和美好。像欧洲,也像灵光乍现的亚洲。而这时我却突然想到2011年6月4日,中海油在渤海湾的蓬莱19-3油田发生漏油事故。蓬莱是我的家乡,那里同样美,那里让我更喜爱。不要污染我的家乡!我的心情开始沉重起来,恍若隔世。

"扭腰国"

在夏威夷待了一个星期后,我们从夏威夷直飞纽约。没想到,这回 Mauseu 订的宾馆居然离我第一次来纽约时住的地下室只隔一条街!隔开我们的就是那个我原来常常跑步的小操场和常坐在那里休息的小街心花园。Oh My God,这事简直太逗了。

累。好像每次来到纽约,都会觉得累。这座城市是不眠之城,嘈杂万分,每个角落都藏着有趣的事情,每天都在发生许多事,怎么会不累呢。

在纽约,宅简直是种罪恶。这里的人太忙了,忙着工作,忙着去派对,忙着上形形色色的短期课程培训班,忙着约会,忙着购物,忙着看心理医生。这是一个物价昂贵的城市,它不允许你浪费时间,更不鼓励你浪费精力。

在纽约，宅也是种享受。窗外红尘万丈，我自岿然不动。在任何一个地方，能静下心来阅读和写作，都是极不容易的事。即使在最安静的一隅，心也不一定就那么平静。

此次来纽约，最大的感触就是纽约开始变得没落了。二战后，全球艺术中心从巴黎转到了纽约。至今纽约仍然是最繁华的城市，仍然拥有最好的博物馆、无数从主流审美到小众化的服装品牌以及各种品味的餐馆。然而这次来，感觉到这一切并不像三年前我来时那么有活力。这种感受是微妙的，很难拿出什么证据，或许是我成熟了，也许是我麻木了？

由于高昂的租金，据说许多曼哈顿的年轻人都搬去了布鲁克林。那是个阳光晴好的下午，我约着西蒙逛了一家布鲁克林的二手店。西蒙没什么变化，还是那么漂亮随和。跟前几年一样，她还是很忙，但对我的邀约依然随叫随到。我们都很高兴再次见到彼此。

在二手店逛得头昏脑胀后出来，我们躲进了一家酒吧，喝了杯带辣椒沫儿的鸡尾酒。布鲁克林充斥着形形色色自以为放浪形骸的青年，到处飘荡着肾上腺素的味道。年轻人无比享受生活，这体现在他们的服饰上。说实话他们的外表迷惑不了我，穿的怎么样不能代表思想就先锋。我的写诗的中国朋友们比他们有个性的有的是，要论打扮，那些玩朋克和硬核的完全能秒杀他们。布鲁克林有时让我联想到柏林，有时候想到798，偶尔还想到昌平大学城。当然，这里不像曼哈顿有那么多高楼，也没那么高高在上的劲头，比较艺术平民化。

几天后，我在超市里惊喜地发现了一种染发膏，有许多种颜色，我每种都买了，立刻把头发染成了红色。

爱荷华

刚从芝加哥离开的我们上车即开始昏昏欲睡。不知车开出去多久,我被一阵阵干草香唤醒,这意味着我们离大城市已经很远,已经快要到爱荷华了。那味道如此熟悉,像小时候我在山东农村闻到的。全世界的农村都有相似的味道,土地的味道、麦子成熟后的味道、麦子收割后的味道、冬天略显凄凉的味道。韩东的诗里写过:"我有过寂寞的乡村生活 / 它形成了我生活中温柔的部分 / 每当厌倦的情绪来临 / 就会有一阵风为我解脱 / 至少我不那么无知 / 我知道粮食的由来。"

我们此次要去的是爱荷华大学,去和爱荷华大学写作工作坊的人交流,顺便好好看看爱荷华这个小城市。爱荷华大学的国际写作项目是由聂华苓在1967年创办的,为期三个月，秋季入学，没有文凭，但可以感受美国大学校园生活，领略美国文化，有大量的文学研讨活动可以参加，又可以与其他作家互相讨论，这些都可以根据作家自己的意愿来选择。这个写作工作坊为作家们提供了一个适宜于文学创作的环境。创办四十多年来，有大批的中国作家都参与过这个项目。我们此次前行，是一次短期考察，意在交流，所以仅仅在爱荷华大学停留五个晚上。

夜晚抵达爱荷华大学。被夜色安抚着的小镇。灯下氤氲着的白色矮楼。我们下车，然后心一下子就定了。踏实的感觉。

我们住在爱荷华大学的招待所。不太高的小楼，就在河边。二楼有一间房间提供免费早餐。无非是热咖啡、热茶、面包、多纳圈、麦片和牛奶。水果基本上是苹果、香蕉和橙子。

我们每天都有讨论和写作任务，有时是去旁听文学系的课程，有时是与别的国家过来的交流作家们讨论文学主题，晚上集体去剧场看契诃夫的戏剧《樱桃园》。

我们之前在芝加哥讨论过的美国著名女作家奥康纳就

曾在爱荷华上过学。她于1945年秋季入读爱荷华州立大学的新闻研究生院，一开始计划当一名职业政治漫画家。在爱荷华市的前几周，奥康纳发现了由保罗·安格尔（Paul Engle）组织的作家工作坊提供艺术硕士学位的研究项目，她于是转了专业。她在爱荷华大学的作家研讨会上因犀利的讽刺言辞而风靡校园，比如她说"不知道报上登的广告也能成就一篇短篇小说"。

关于教授文学，一直以来就有两种截然不同的观点：一种是写作是教不会的，它是天生的、自由的、无人可干涉的；第二种是，写作是可以被激发的。

我实际上是同意前者的，但我更明白，写作除了得有才华还是种手艺，任何手艺都不能荒废，尤其是在世俗世界的折磨下，一个人有多少时间和精力可以写作？写《大教堂》的雷蒙德·卡佛生活困窘，在写作时经常担心身下的椅子被房东抽走。还有无数生活困窘的作家，因这样那样的问题被生活拖累着无法写作。顺便说一下，卡佛也曾在爱荷华作家班学习过。

作家和作家在一起是件可怕的事，然而每个作家都待在自己的小房间因为写作而绝望想要自杀也是件可怕的事。

写作工作坊将此平衡得很好。作家们在这里得到了短暂的休息，交上了朋友，讨论了文学，有了一段时间可以心无旁骛地写作。剩下的事就是自己的了。

同行的研究女性主义的云南作家Susie是个古着迷，短短几天，带我们几个中国来的作家翻遍了当地所有的二手店，差点成为当地一景儿。她是位古着狂人，挑选货品很有眼光，连当地的古着店老板都夸奖她眼光独到，还问她是不是在中国开店。实际上，穿古着仅仅是她的爱好。Susie给我们讲了个段子，因为受她的影响，另一位女作家颜歌也迷上了古着，颜歌在美国学习期间，有一天穿了一身精品古着（vintage），有个大叔就问她：你是朝鲜来的吧？

这个笑话并没有阻挡我们向古着前进的脚步。在Susie的带动下，我们都对古着有了进一步了解。不是所有二手衣都可以称之为"古着"，古着衣指的是已经停产的衣服，它们的剪裁、面料都带有鲜明的年代特色，每件古着衫都是时装的发展史。

终于有一天，我们几个女作者跑到小镇的那家二手店大买特买，我全身上下都换成了二手衣。Susie对我非常满意。我还在一家小店买了一个手工做的白色头花，这也属于冲动购物。

结果回到北京，我发现冲动购物就是容易犯错误，我根本就不适合穿长裙，而这回买了好几件长裙。没办法，只能送回老家了。

有天晚上，我们还去了聂华苓家里。她设宴招待我们这些从中国来的客人。她已经八十多岁了，可看起来还是特别精神，穿着打扮都是她喜欢的鲜亮雍容，我拉着她的手，觉得很亲。后来我读了她的自传《三辈子》，才了解到她的生平，也了解到中国近代史是如何在一个人身上发展和流传，又是如何影响到一个人的生命轨迹的。

越南，熟悉的异国

2012年新年，我和Mauseu决定去一个我们都没有去过的地方度过。去哪呢？越南！必须要在冬天去一个暖和的地方。并且久闻越南咖啡、越南的东南亚饮食以及越南的便宜实惠，必须要亲自感受一下。

晚上六点四十五分，我们从广西南宁的火车站出发，坐上去河内嘉林站的火车，这是一条比较经典的从中国到越南的路线。我们此次列车所有乘客都下了两次车，一次是过中国的边检和海关，一次是过越南边检和海关。越南那边非常官僚，所有第一次来越南的人，都被叫到一间小办公室，聊了几句后，边防人员说：十块钱。

这十块钱是统一价，是过关的"好处费"。我早就准备好了这十块钱，因为在我之前已经有不少乘客都被发音不准的越南边防人员叫进小屋，出来的时候脸色都阴晴不定。有些人还边走边嘟囔：我刚才管他们要发票，他们就笑，说没有。

所有被收了"好处费"的游客都是第一次到越南的，以前来过的就不收这份钱了。看来越南边防站的工作人员还是"厚道"的，破财只让你破一次。

列车终于再次启动。窗外已是夜色，昏黄的灯光照着疾驶而过的铁道边的楼房及朦胧的远山，想着明天就要到达一个陌生的国度，心里略有些激动。

第二天凌晨四点四十五分，火车到达嘉林火车站，位于河内郊区。天还没亮，我们跟着人群走出火车站，门口一堆人，见到你就用英语喊："Taxi！ Taxi！"来之前已经打听过了，从这里到市内，大概五美元左右。车是很好打的，只是还价很烦人，在讨价还价三轮后，年轻的出租车司机终于不耐烦了：好了，OK！上车，来到预定的酒店，很快睡去。清晨朦胧中被楼道里的人声吵醒过几次，东南亚就是这样，除了深夜，无时无刻不是嘈杂的。

河内是越南的首都，然而从街道上却完全看不出来这是个繁华的城市。街道狭窄，摩托车和汽车横冲直撞根本不管路人，比中国还要严重。挤挤挨挨的建筑，满街都是机动车的鸣笛声，根本没有一个地方能站定了休息会儿或者看看路。

来之前，一个来过越南深度游的朋友给我发了一份越南旅游攻略，里面强调千万不要在河内久留，她说这里是越南最让人恶心的城市，小偷特别多，最好在还剑湖边走一走看一看风景，然后买票直接到下一站，不要过夜。

这座城市并不大，街道密集，法国殖民时代留下的建筑风格与数百辆风驰电掣的小摩托车，共同组成了河内特色。仿若中世纪欧洲的圣约瑟大教堂是个难得的较安静的所在，在它的一侧有几家不错的二楼咖啡馆。其中一家咖啡馆楼下售卖越南设计师的时装及首饰，二楼是咖啡馆，提供简单但美味的越南特色食物，如汤粉、汤面、春卷、青木瓜沙拉、越南咖啡等，还有简单的西餐，比如三明治、意大利面。坐在这几家咖啡馆的窗边，就能看到对面的大教堂。咖啡馆都用非常鲜明的颜色来修饰，如天蓝、柠檬黄，看上去有种喜气洋洋的生活感。咖啡馆里除了旅客们，也有当地人，有个年轻男孩在用苹果笔记本电脑，在他上方挂着一幅

梦露在河内

越南国父胡志明的宣传画。

对吃货来说，越南简直是个天堂，食品种类繁多，可口又便宜，不管是去正式的餐厅还是去咖啡馆，哪怕是在小摊子边随意坐下来享受小吃，都能填饱你的肚子，满足你的味蕾，同时又决不会让你发胖。

然而对于行人来说，这里就像噩梦。过马路十分艰难，摩托车及汽车不会让你，你需要极其小心，幸好他们会减速，不然这里每天都会发生无数起交通事故。

夜晚的还剑湖宁静且美，看起来像是在杭州或者是中国南方的一些城市，尤其是湖边常见到一些中文字及中式风格的建筑，灯箱上有关于越南共产党和越南军队的宣传广告，风格也和中国的类似，只是用越南语。湖边的一个街心花园有一大片水泥地，许多孩子在那里玩滑板，其中还有一个穿着印有切·格瓦拉头像的T恤衫。

在这里，还真碰到了小偷。当时一个年轻男子走过来用英语向我们推销地图册，我们并没有太在意，走了几步，男子就不再往前走了，就在这时，Mauseu发现他放在双肩

上图　咖啡馆里用苹果电脑的男孩
下图　河内街头的宣传海报

街头广场上玩滑板的男孩

包前侧小袋子里的手机不见了,他赶紧追回去,交涉了两句,那陌生男子乖乖地把手机交了出来。真是好险,再过几秒钟,他就要把手机交给前面另一个接应的人,我们也不可能再要回手机。这件事让我们游兴大减。

恰好就在这个晚上,我收到越南翻译阮丽芝给我写来的邮件:

> 我忘了告诉你,在越南旅游过程中,请注意小偷和抢劫的。我有几个中国朋友,男的,在北京电视台工作的,在胡志明市逛街时被抢了包,丢了所有的钱。
>
> 还有护照放在宾馆。你的所有重要的东西,请锁在宾馆的安全盒子里。外出时,不要带太多钱,注意手机最容易被抢,特别是在胡志明市。

这封信更增加了我对此次旅行的不安全感。第三天中午,我们坐飞机去会安。会安既像丽江又像东方的威尼斯,秋盆河(Thu Bon River)让这个小城变得浪漫且富有情调。尤其是夜晚,花大约人民币八元钱,就能坐在小船上,当地的老妇人会慢慢摇着船,游荡在夜晚的河水中,享受月朗星稀的夜空，目所及处是河边流光溢彩的餐馆灯光和人们放的五颜六色的河灯，别有一番情趣。

会安对于患上旅行惊恐症的我有种很明显的治愈效果，这里的治安明显比河内要好，我再也没担心会丢东西。小摩托车的数量骤减，噪音也几乎平息下来。

会安很小，旅馆却很多，不用担心没有地方住。我们住在离城内步行十五分钟路程的一家旅馆，一进去就感觉这里很像我老家县城的宾馆，装修设计都很古朴，房间不小，有一个带浴缸的洗手间，一晚二十四美元。我在网上跟邢娜一说，邢娜就说："出国回老家啊。"

睡醒后，我们悠闲地踱到小城内，随便选一家有眼缘的咖啡馆，点一杯热拿铁咖啡，一杯带冰块的鲜榨番石榴汁，或者是一瓶越南产的333啤酒，喝完再换一家。到了饭点儿，我肯定会点一碗只有在当地才能吃到的最美味的会安米粉（Cao lau）。这是一种宽粉条汤粉，里面有油炸面包块、青菜和几片肉，如果不喜欢吃肉，也可以点完全素食的Cao lau。坐在路边的咖啡馆，享受着美食，观看路边戴着斗笠的当地妇女和不同打扮的各国游客，时间都像停滞不前，像电影里一帧一帧的慢镜头。

抽旱烟划船的当地妇女,她还给了我一支烟

1979年，越共中央接受了私营经济和商品经济的概念，1986年，越南开始改革开放，和中国差不多，是种渐进式的改革。在意识形态方面，越南仍坚持马列主义、胡志明思想，越南共产党仍是越南唯一的党派。过去，越南是计划经济，通过改革，现在是社会主义指导下的市场经济。这里的"推销文化"过于盛行，每隔五分钟，便有一拨儿人走过来推销各种商品，比如坐着残疾人摩托车的残疾人一瘸一拐地走过来挨桌儿卖那种把真正价格抹去，上面贴着远比真实价格贵几倍的越南报纸；有穿着短袖长裤的当地妇女挑着水果担子过来推销各种热带水果；若是下起雨来，卖雨伞的就会突然冒出来，像雨后的蘑菇。

会安是全越南最好的定制服装的场所，满街都有定制服装的小铺，顾客选择店里面的布料，由店员量体定制，速度很快，基本第二天就可以拿到手。价格也较便宜，上衣大多是八到十五美元，裤子基本是十到十八美元，这是已经包含了布料的价格，并且可以讨价还价。我未能免俗，定制了一件中式肚兜和一条"奥黛"裤子。街上没怎么看到有人穿

"奥黛",年轻女孩大多西式打扮或者着运动式校服。

Mauseu送给我的圣诞礼物居然是全身按摩和手脚美甲。在一家名为"Hoian-dayspa"的美容院,我享受了四个小时的spa,包括越式姜汁全身按摩、面部去死皮补水及手、脚美甲。躺在一间墙壁涂成淡绿色,乌窗垂着翠绿窗帘的按摩房间,当地的按摩师把我的全身都涂上一种混和着姜汁的按摩油,据说在按摩的过程中皮肤逐渐发热发烫,可以把身体里的寒气逼出来。听着若有若无的丝竹声,几天的奔波劳顿开始远离,我慢慢睡过去,醒来按摩已经做完,房间只有我一个人,楼下是叽叽喳喳吱吱哑哑的越南语,我感觉像在异乡做了一个美丽的梦。

几天后,我们飞到胡志明市。这里闷热而潮湿,下飞机的时候通报地面温度为27℃。

凌晨五点半,我就被楼下不远处的高音喇叭里放的迪曲给吵醒了。正临新年,我所住的范五老(Pham Ngu Lao)地区是最热闹的旅游区,来此旅游的全球游客们基本栖身于此。

由于2010年我在越南出版了一本长篇小说《长达半天的欢乐》，并且此前还被盗版过一本书，于是我的越南翻译阮丽芝帮我组织了一个欢迎会，一边吃自助餐一边采访。来了大概七八位记者，他们问我一些关于中国文学的问题，据说越南也有审查制度，并且比中国还要严格。越南有国家作家协会，也有胡志明市作协、河内作协等。他们告诉我，在文章的审查上，越南仍然比较严格，比如一些关于越战的书，只要提到了太敏感的问题，就很难出版。还有一些太过于另类的作品都不允许出版，即使已经出版也要收回来，不允许发行。

阮丽芝告诉我，越南并没有代表性的80后、90后作家，"一般都是描写个人感受，有些另类，但是不突出"。著名作家都是五十岁以上的人，一般写的都不是现代作品。

丽芝还说，现在许多人感觉越南的社会不太稳定，恶劣的刑事案件层出不穷，让人很没有安全感。这里的贫富差距在扩大，离婚率增高，许多年轻人出国读书后不想再回到越南发展。她正在犹豫小孩长大后，是否要带孩子去中国读书。

冷餐会结束后，我和Mauseu想出去看看，找个舒服漂

阮丽芝设宴招待我

亮的地方喝咖啡吃东西。结果我们走了五分钟，走到一处热闹喧哗仿佛河内穿越过来的二楼小咖啡馆。此处拥挤到从我们坐着的咖啡馆能看到对面二楼咖啡馆里白人男游客的面部表情及他们点的饮料。奇怪，这里的游客极多，大多是西方白人，时常能看到一两个中老年秃顶胖洋人搂着瘦小的当地女孩。这实在不是多么养眼的一景，好在大家都见怪不怪。后来才知，这个地区就是如此，而远离此区的"高贵地段"又是另一番情景。

当地的老年女人却都打扮得非常得体。头发梳得整整齐齐，穿着简单舒适的印花丝棉制的长裤及短款尖领或圆领上衣，看起来竟然很时髦，并有种岁月带来的厚重及尊严感。

31日晚上，整座城市接近疯狂，从深夜开始交通就已经瘫痪，仿佛全市的人都冲到街上和河边庆祝新年，小摩托车开得嗖嗖的，几百辆摩托车一齐开动，极其壮观。穿过无数游人，终于回到旅馆房间，还是忍不住想向楼下看，小摩托车像一辆辆电动玩具车，闪着红光，发出呼啸。我穿着在会安定制的红色小肚兜和黄色丝绸长裤，下楼感受新年气氛，结果被满街的小摩托车吓到了。

将要离开越南的头天下午，我们终于去了大陆饭店（Hotel Continental）。没办法在这里住，在这里喝一次下午茶也是好的。大陆饭店是家1880年开始营业、具有传奇声誉的酒店，越南战争期间，许多记者和作者在这里住过。格雷厄姆·格林的《安静的美国人》就是在这里写出来的。德国记者、作家艾利希·弗拉特在其著作中将它称为"老兵的游廊"，"一个介于谎言与文学之间的地点"。

整座饭店呈乳白色，神韵犹存，像旧西贡时期的一座遗址。室外的桌子已经被坐满了，身着白色制服的服务员将我们引进饭店一层大厅的某个侧间，体贴地开了灯。带龙虾的凯撒沙拉，一小杯拿铁咖啡，一杯鲜榨西瓜汁。走出咖啡厅，正好在大堂碰到一双结婚的新人，看年纪已经都不小了，也许这样才能承担起在这里结婚的费用。顺着铺着厚厚地毯的楼梯向上走，在三楼发现一个放满盆景的大露台，看着暮色，在这里发了一会儿呆。大陆饭店的神韵犹存，听着楼下的喜乐及人们欢快的叫嚷，我有点没有回过神来。

越南，越南

一

街上的小伙子和姑娘都很矮
这并不出乎意料
他们还很瘦
出乎意料地热情和乐天
一点儿小事就能让他们乐起来
喜欢互相拍对方肩膀
或者胳膊
边笑边拍
非常自然
我还是忍不住要想起
对越自卫反击战

二

会安到胡志明市的飞机上

几乎都是洋人

亚洲面孔只有可怜的二十分之一

甚至都不到

没人对此有意见

他们安之若素

我遭受的冷眼

几乎都是从白人女人那里

奇了怪了

仿佛她们怕我抢走她们的东西

搞清楚

在这里

你们才是掠夺者

本地妇女

眼神温良

像一只小动物

看另一只大些的小动物

或者像姐妹

看姐妹

那些身材高大的洋男人们

除了年轻的

别的都可疑

又高又壮的殖民主义者

坐在街边的咖啡吧

一个人点下整张披萨饼

三

虎牌啤酒是随处可见的

穿灯笼裤的年轻白人姑娘

抽着小烟儿

走过街道

脸上还没褪去红晕

那是法国人在找过去的荣光

坐在这里的咖啡馆

每分钟都有一拨人

过来推销报纸、雨伞、水果

无法幸免

四

我是该称呼它为西贡还是胡志明

我为什么来到这里

是来找寻还是来忘却

这个陌生的城市

有一个听上去耳熟能详的名字

他的名字熟悉得像你家的二大爷

素未谋面

却又无人不知

楼下的闹市

一直有人唱着

已经流行过几年了的流行歌

它并不能解释我为何出现在此时此地

炎热的新年即将到来

街上是否有来怀旧的美国越战老兵

这个城市是否有朋克乐队

我是否能从流行歌里听出普世观

这一百个问题

我只能回答,无法提问

五

战争博物馆

洋人们眼眶发红

陷入短暂的感动

出了门

他们还是要去找当地小姐

2011.12.30

Part 2

-

明月出天山

拯救雨林

通往神性的旅程

大雪掩埋屋顶的那一天

我正在海上

她在山里面弹琴

或者抽烟

手指与手指尚未触碰

掌心

尚未靠拢

是远方电闪雷鸣的那一天

我正一个人站在营地

望着星空

睡不着觉

流星是给我的奖赏

徒弟们在离我几十米的地方听着蛙声连连

是晴空万里

是大雨滂沱

是夜色温柔以及黄昏午后

我与风景融为一体

晒黑了

是困得几乎昏迷的那一天

呕吐三次的那一天

取经甚难

混东南亚也很难

爱是我大脑里静静的叹息

它本来就是目的

而非手段

我背叛了曾经的信仰

扔下书本

拿上新式武器

唱着你写的歌儿

启程——前进——出发了！

11.22

一、缘起

那时他是主持人，我是他采访的对象。后来我们成了朋友。偶尔会见面，一年一次。他曾跟我讲过，他是个坚定的环保主义者，曾做过水手，跟随某环保组织出海大西洋，与海盗们作战。我听得津津有味，羡慕至极。

2008年底，绿色和平组织（Greenpeace）的公共项目主任Fish联系上我，邀请我参加一次"直接行动"——去波兰参加煤炭抗议活动，我突然意识到，原来那个朋友说的环保组织就是绿色和平呀。但那时由于我的护照还在美国大使馆等待办签证，只好与这次活动擦肩而过。

2009年，Fish找到我，说这次又有新的行动，是去印尼保护热带雨林。我赶紧从网上找到了那位朋友当水手航行大西洋时的照片。他戴着白色的海军帽，穿着海魂衫，在阳光下，露出年轻而坚定的脸。这就是我的前辈，我的战友。就是这样纯粹的理想主义者，带给我力量和信念。

小说终于写完，我不用再闭关了。我要好好休息，游泳，敷面膜，听各路音乐，看各种电影，会各位朋友。很快就要再出发，我将于11月4日晚上十一点半，与绿色和平的几个人一道，坐中国国航的飞机直飞印尼首都再转机，到我们的营地与当地组织成员会合并停留十天。这简直和我以前的梦想一模一样啊，那就是在写作的间隙，到处去冒险，去呼喊，去身体力行做些事情。这简直就是梦想成真。并且，是一步一步地成真，这才踏实可靠。

二、准备

去商场买了防雨的专业鞋、快干防水的裤子和防紫外线的帽子，又从网上订了些补水的喷雾，4号晚上就要去印尼的热带雨林啦！

专业户外运动装备是一片一直被我忽略的天地，今天一逛商场，才发现别有一番风味啊。我还看中一双巨暖和的雪地靴，冬天可以穿着爬山那种，当然了，没买。但我已然决定，从热带回来以后如果还有想去户外的心气儿，就把它买了。顺便又买了一把瑞士军刀，以前买过两把都丢了。这回真得买了，万一在森林里需要砍东西怎么办？

森林组主任发来了清单：

防晒霜

个人用药

快干或防水加防蚊长裤和长袖上衣/衬衣

短裤

棉质T恤或背心

快干棉袜

内衣裤（可选一次性的）

登山鞋（最好是防水的高帮靴）

耐穿舒适的凉鞋或户外穿的凉鞋

轻便的薄款防水冲锋衣

遮阳帽和墨镜

户外用的睡袋（最好是防潮的）

易携带的手电筒和一两副新电池

水壶

毛巾

个人清洁用品

纸巾/卷筒纸

一两本书（可选）

瑞士军刀（可选）

户外用防潮睡垫（可选）

防蚊喷雾（花露水是没有用的）

蚊香（可选）

电脑（可选。营地里只有一台电脑，如果工作需要每天使用电脑的话需要自己带）

营地提供：

蚊帐

防虫咬喷雾

食物和水

当时看完这单子我都快哭了，这么多需要准备的啊！这种活动是不发经费的，也就是说，没有收入，还要搭钱。并且，我们每个人去之前都要打两针疫苗。不过，为了开阔眼界和培养高尚爱好以及保护环境、维护世界和平，这些投资是值得的，这些苦是应该吃的，我认了。

三、起程

从雅加达机场的第一张合影看来，当时大家的精神状态不错，皮肤也都是原来的颜色。殊不知拍完这张照片，广播通知飞机晚点，我们后来在机场等了四五个小时，每个人都又困又累，毕竟坐了一晚上加一早晨的飞机，已经在路上奔波十几个小时了。不，如果说有一个人是例外，那就是"麦田守望者"乐队的主唱萧玮。他总是对一切都"逆来顺受"，乐在其中，并且冲我们补上一句：C'est la vie！（这就是生活！）C'est la vie就C'est la vie吧，我学会这精神还用了几天。中间也经历了不少磨难。总结下来，我发现我们去的每个人在这次旅程中都经历了一些磨难，下面会细说。

等得太无聊的时候，我和周一妍去逛里面少得可怜的店，我买了一条短裤和一顶草帽，她买了一顶棒球帽。我飞快去洗手间换上了短裤，太热了！洗手间里有空姐和当地打扮得比较时髦的旅客在补妆,每个人的粉都是雪白色,看来在热带,确实是以白为美,物以稀为贵。值得一提的是,由于飞机晚点,机场为我们提供了价值二十元人民币左右的自选式午餐。味道还不错,一汤一饭加一瓶饮料。

到达北干巴鲁后,当地绿色和平的成员来接我们,我们来到第一夜的留宿地——一家宾馆。我们吃饭的旁边是一个绿色的游泳池。天很快下起雨来,游泳池里溅满了雨水,我这才想起,11月正好是印尼的雨季,同时我也想起枪炮与玫瑰乐队(Guns N' Roses)的名曲《十一月的雨》(*November Rain*)。算起来,这是我们这次旅程里住得最好的两次之一。第二次是我们回来时。

第二天一早,吃过早餐我们就上路了。我的第一次磨炼开始了。上车两个小时后,我要求下车去吐。在我吐的时候,有人眼疾手快拍下路边的风景。

又坐了一个多小时,车又停了。这回不是因为我要吐,而是我们看到了一大片被烧毁的热带雨林。

为什么破坏森林等于气候犯罪?因为被破坏掉的森林是泥炭沼泽森林,它们是保护环境的超人,吸纳温室气体的能力是普通森林的十倍，而每年全球因为砍伐原始森林造成的温室气体排放，超过全球交通运输排放温室气体的总量。温室气体排放，造成全球变暖、海平面上升。如果这样发展下去，到2050年，中国的华东沿海地区将有13%的地方会到海平面以下，而有些岛国会消失。我们所见到的只是毁灭原始森林的冰山之一角。

我们的抗议行动包括在莫兰蒂湾（Teluk Meranti）附近修建堤坝。根据调查结果选择几个关键位置，组织村民和志愿者建造堤坝，直接阻止棕榈油公司排干泥炭沼泽。当地下水被堤坝阻截不能排出，土壤酸性就不会下降，油棕榈幼苗也会死去。

四、征程

2009年11月6日

绿色和平的工作者和志愿者们终于抵达坎帕半岛的营地。我们中国办公室的三个女生和德国办公室的一个女孩一起分享一间木屋，条件比我想象中要好，起码地上铺着垫子，当然也有蚊帐，这里的蚊子很多。男性住大帐篷，相比起来，对女士还是优待的。

此时是傍晚时分，正是一天中比较惬意的时光。天空中的云彩很美，四周环绕着各种昆虫的鸣叫，绿色和平不同国家工作室的人们正在休息，弹吉他，准备晚餐。

明天我们将去真正的原始森林，也就是说，我们的环保行动从明天才真正开始。现在就算是前奏吧。

11月7日

上午六点半我们就起了，坐船来到赤道上的泥炭地——坎帕半岛，这里是绿色和平建造堤坝的抗议行动地点。我们要向毁林公司（制浆造纸巨头金光集团APP）证明我们保护森林的决心，在莫兰蒂湾地区建造堤坝！为什么要建坝？因为开发公司为了在泥炭地上进行农业耕种，要通过挖掘水道排干泥地的水分，并把木材运到森林外，建坝可以阻止泥炭地的水流向附近的河里，并迫使水返回到泥炭地里。毁林主要是为了发展棕榈油的生产。

清晨，趁阳光还不肆虐的时候，志愿者们坐上快艇离开营地，去修大坝。

为了到达森林深处，我们必须经过独木桥。

建堤坝（注：本篇照片版权属于绿色和平）

各地的国际主义环保者们都无惧苦和累。打桩的时候，有种想要靠自己的力量为这个世界做点事的激情。在40℃的烈日下干活，汗流浃背的感觉，很爽！我们喊着："一！二！三！四……"一直数到十，然后休息一下，接着干。萧玮的手被粗糙的木桩磨破了，我的手也磨了个大泡。

ps.从印尼回到北京的两年后，我脖子上被太阳晒过的痕迹还没有消失。从此我就记得了，在烈日下一定别忘补涂防晒霜。

2009年11月10日

凌晨五点半，匆匆洗漱完毕，我们一行五人就乘着绿色和平的快艇出发了。今天我们将进行"直接行动"，在被毁灭的Arara Abadi原始森林的原址上挂横幅。这横幅是我们从中国带过来的。这里原来是泥炭地森林，现在是一片地狱的景象，到处是大火烧焦后裸露在外的树根和被烧成炭状的木桩。除了几条小河在流淌和几只蜻蜓飞过，附近几乎没有什么生命的迹象。这让我想到昨天我们去过的郁郁葱葱生机勃勃的原始森林，二者完全是天堂与地狱的对比。

我们向泥炭地的深处一脚深一脚浅地艰难走去，几百米花费了我们一个多小时的时间。路况极其恶劣，一不小心就会陷到泥地里。我们每个人都汗流浃背，热带的太阳晒在脸上和胳膊上火辣辣的疼，即使涂了防晒霜也无济于事。

大概走了五百米左右，我们终于选定了一个合适的地点，我和萧玮小心翼翼地站在一条枯树干上，拉开我们带来的横幅："森林破坏＝气候犯罪""金光集团APP立刻停止森林犯罪"，这代表着绿色和平对毁林人的斥责与控诉。金光集团是一家在环保领域有着颇多争议的企业，被多个环保组织指责为造成印度尼西亚森林非法采伐率世界最高的元凶。但金光集团自身一直宣称"使用的所有木材来源都有合法证明"，并于2004年10月28日宣布暂时中止采伐印尼苏门答腊岛的高保护价值森林。世界自然基金会、绿色和平国际环保非政府组织则都宣称他们掌握确凿证据，证明金光集团与非法采伐有直接联系。

为什么我们要不远万里来保护印尼的森林？也许很多朋友和读者都有疑问。他们或许会疑惑，印尼的森林被毁和中国有什么关系？其实，当初我也不理解。我曾是个"愤青"，只关心自己国家的事，或者说只关心自己身边的事

拉横幅

儿。想当初,印尼发生海啸的时候,我还……咳,不说了,那时候我的确比较记仇并且狭隘。绿色和平中国分部同样是绿色和平大家庭的成员,为了环保,我们也该出份力。环境保护,不分国度,人人有份,人人有责。印尼的气候变化同样会给中国造成影响,在这点上,温室效应是不需要签证的。这就是我来参加这次活动的原因。

绿色和平是个热情的组织,这样的理想主义组织需要极大的热情和激情,否则无法与强势的无良公司斗争,也无法在极其艰苦的生活条件下依然充满力量。这是信仰的力量,相信通过自己和同志们的努力,可以改变目前的状况,可以让我们的生活环境变得美好一些,或者说,至少不要变得更恶劣。

那么,坎帕半岛的热带雨林是什么样子呢?只有美才会打动人心,我们见识到了终生难忘的美景!从此,我们便是美的使者,保护美、守护美。

我们去往坎帕半岛上的一名原住渔民和他的儿子在Serkap湖边的小木屋。这是一次单程十一小时的水上旅行。路上,萧玮和周一妍分别遭受了属于他们的磨难:萧玮脖子上的项链被树枝刮走了,而周一妍的双肩包被卷到了发动机中,导致船突然停下来,渔民检修后才能上路。幸好有惊无险。因为河里有鳄鱼并且这里太原始了,连手机信号都没有,事后我们都有些后怕,如果当时船坏了,那就不堪设想了。

河水像一大块儿果冻,非常干净,完全没有任何污染与垃圾。树影及云彩倒映在河水里,完全分不清什么是水上什么又是水底。我们就像来到了童话世界,被惊得目瞪口呆,两只眼睛根本就看不够,好莱坞大片儿也无非这个效果!

中途路过一个大湖,太美了!简直就是天堂。

在路上,我们也遇到了划船经过的当地渔民。到达Pak Dani所在的原始村落Sungai Serkap时,已是黄昏时分。Nasir,朴实的渔民的儿子正在给我们做饭。

据介绍,在20世纪80年代末90年代初,伐木公司的入侵,使得这个村落的村民们被迫离开了他们的家园。Pak Dani坚决不离弃他的家园,成为Sungai最后一个坚守村落的渔民。最终他因为要让孩子能上学而被迫离开,投奔Teluk Meranti村庄。森林的破坏让这个村里渔民的日子愈加艰难。

那天同时也是另外两个组员的磨难日，在路上时王冲被蜘蛛咬了一口，他说特别疼，当时他以为是被蝎子蛰的，惊魂未定地喊停船。当夜，杨婕划船去上厕所时，不小心踩到了船上放着的刀，脚被割破，流了许多血。

我们晚上就睡在这小渔屋里。男人一间，女人一间。都打地铺，塑料布往地上一铺就当床，几个人分一个蚊帐，每个人睡在自己的睡袋里。在印尼的那几天除了住宾馆，我就没睡过枕头，那太奢侈了，每个人都是用衣服垫着当枕头的。那夜吃过晚饭，就都躺下了，但没一个人能睡着。又是热，又是闷，全是蚊虫，要不是有我军研制的防蚊药就完蛋了。屋儿太小了，我们的腿根本就伸不直。

我听着虫鸣，决定起来抽根烟。可是我已经没有烟了，想起萧玮还有，但他在别的屋，总不能去叫吧？手机又没有信号。我跟周一妍和杨婕诉苦，她们鼓动我去搜包儿。我蹑手蹑脚地来到放包处，果然，我找到了烟。正激动呢，发现没带火。怎么办，怎么办啊！我当时就想起来那个著名的笑话：苏联宇航员要上天，带了一麻袋烟，结果一年以后沮丧地回来了：没带火柴！

我沮丧地返回蚊帐，把情况一说，她们说你接着去找找吧。于是我又出去了，终于在小兜里找到了打火机，简直太厉害了！

那夜，我们都是后半夜才睡着的，每个人都睡得很不踏实，木地板坑洼不平，硌得背疼。

第二天我们回营地，一场大雨突然而至，每个人都穿上了防水衣，结果还是被淋得浑身湿透，但雨后那道彩虹让我觉得这一路，值！

五、难忘的营地生活

在营地的生活是另一种生活，一种与日常生活绝不相同的生活，是种抛弃了低级趣味的自食其力的生活。在这里，我看过灿烂星空，听到了各种虫鸣，还有营地的人们弹唱的各种摇滚金曲。印尼这儿的人特别喜欢重金属乐队。

萧玮与新西兰来的营地领导Roben处得不错。Roben这家伙还是很有个人魅力的，不然能当营地之王吗！我一直在猜测如果他回到新西兰大城市是什么样子。

我们的饭菜也很有特色，基本上是三个菜一个汤五十多个人分，稍来晚些就没什么"余粮"了。厨师来自绿色和平泰国办公室，口味偏酸辣，非常东南亚。每天的食材根据志愿者们从森林或河里捕获的随机选用，有时候是鱼，有时候是鸡肉，都很新鲜。饮料有橙汁、咖啡和茶。当地人喜欢喝甜咖啡，如果不想喝那种就像感冒糖浆一样甜的"咖啡"，最好的办法就是自己泡。

每天自己刷自己的盘子，去上公共厕所，去公共浴室洗澡，晚上睡在大通铺上，每天早晨集体起床，这样的生活别有趣味，像参加一个环保主义夏令营，又像是来参加军训。

每天吃过晚饭后，我们几个中国来的队员都聚在一起聊天。来之前我们素不相识，来之后都成了朋友。而夜晚时满天繁星又带给我们这些都市来客珍贵的心灵安慰。

每晚我们都会开一次总结会，总结今天的行动和交代第二天的任务。营地每次来了新人也会在总结会上作自我介绍。这里的通用语言是英语，大家每天都用英语对话，私下交流时大家便用自己的母语叽叽喳喳地聊天。萧玮说他几年前第一次独自去国外参加绿色和平活动时每天都要用英语说话，刚开始很孤独，后来习惯了，英语进步迅速，直到回了国才意识到终于可以说中文了。

离开营地时，恋恋不舍地再向这河、这天空望一眼。

任务结束后，我们去参观了国家公园，与苏门答腊象见面啦！

我们在河里游泳的时候突然下起了大雨，太爽了！

在回北干巴鲁市的五个小时车程中，我又连续吐了三次。终于明白什么是过山车了，我们坐的就是过山车啊！

我们的司机原来是位赛车手，车开得特别好，人非常实在，只喜欢吃榴莲。萧玮请他吃了五个榴莲。

我、王冲和萧玮一辆车，我们坐在后座唱了一路歌，唱累了就背唐诗，还讲相声，最好笑的是《纠纷》"应当轧你嘴！"（用天津话说）太开心了！要不是他们，我得吐五回。

回到北干巴鲁城，终于住上了宾馆！在商场里巧遇当地绿色和平工作人员。当时我们一行人正打算去看《2012》。这电影是英语对白，印尼语字幕。说实话看之前根本没听说过这片子，只是被海报吸引了，看着看着我们就觉得这真是这次旅程的完美结局，居然还顺便看了一个讲气候危机导致世界毁灭的电影！太应景儿了不是？

六、记忆

"Dadah"，这是印尼爪哇口语的再见。我们和绿色和平气候保卫站的勇士们说再见。合影、微笑、拥抱、握手、交换绿色和平T恤衫、道谢、用不同语言祝福。

转了三次机后，我们回到了北京。从40℃的赤道回到了零下的北方，从难忘的十天之旅回到了各自的生活。临走前，我们建了一艘"诺亚方舟"。

突然特别想在营地的日子，特别想印尼一行。刚回来就止不住想念，一切都因为在那里经历的一切太超现实了。我想我需要一个礼拜时间来适应北京的生活。我把在热带雨林里捡的树叶都放在了大相框里，看着心里真舒服。

其实我可以分析一下自己，因为太缺爱，所以决定自己创造爱，把爱给那些更缺爱的人们和地方，这样，在传递爱的过程中，我也得到了爱。这应该是双赢。MJ说，都是为了爱。

我要光明地去爱，不带任何抱怨和憎恨。我希望能像太阳一样光明。至少在白天。我还是那么复杂忧郁，那就把这些留给晚上吧。

Part 3

-

黄金白璧买歌笑

彩云之南，什么都可以

记忆偶尔还会溜回束河古镇。还有昆明流淌着云彩的天。看不清过去很好，看不到未来也没事，抓不住现在多美。可我最怕这种样子，尽管明知时间抓不住。所以我总是记下梦中的故事，所以我在路上常怅然有所思。也许过马路看红绿灯时才会定神喘息。

这是一趟毫无目的的旅行，我带着闺蜜从北京的初秋小雨中胜利逃亡至云的南方——丽江。到昆明刚下飞机，我们就被漫天彩霞迷住了，天蓝得不像话，空气非常湿润清新，若不是一个多小时后我们要接着转机丽江，真想就这么呆呆地坐在机场旁边的小路边欣赏云彩。

意料之外的惊喜是，居然在机场外边几百米的一家小馆子里吃到了最好吃的米线和卤蛋，还有每一滴都好吃无比的芒果汁。天空中飘着朵朵白云，机场附近正在修路，我们饿得要命，顾不上欣赏眼前的风景，我们唯一的要求是决不想在机场里吃方便面。两人在机场周围走了几圈，发现了那家小小的馆子。走进去后证明我们的选择无比正确。

在机场里，又发现了一种非常好吃的当地特产——鲜花云腿月饼。在闺蜜鄙视的眼神中，我买了一块，现场就一撕，打开包装，尝了一下，不甜不腻，鲜花和云腿搭配得非常好。闺蜜好奇地要求尝一口，我洋洋得意地递给她。她一口咬下，无话可说了。两人三下五除二就把月饼也吃光了，我们吃得肚儿歪，带着对昆明机场的良好印象就这么心满意足地上了去丽江的飞机。

我们住在束河古镇旁边的一家宾馆。环境非常优美安静，我的屋子还带一个大阳台，白天醒来，在阳台上坐着，欣赏着四周各种植物，呼吸着飘然而至的桂花香，晒着暖暖的太阳，一转头还能看到玉龙雪山上的点点白雪，简直是什么都不想干，什么都不想想，只要呼吸和发呆就足够了。

也许旅行真的不必做什么，不必游山玩水，不必去景点，不用看当地人，也许只是找个地方坐下来，静静地发呆。

以前我来过束河古镇,那是一个冬天,我来拜访一位朋友。我后来写过一首诗,里面有几句是:

> 为那些色彩缤纷的鸟儿和衣裙
> 外族女人白衣服上绣着的花
>
> 漫不经心
> 像我夜晚和下午写下的诗句
> 像突然发出的笑声
> 总是莫名其妙地　无可依托
> 生存是这样自自然然地艰难
> 就像我转过头就能望到的玉龙雪山

那是初次来丽江时的感受。此次却完全没有更多感悟。我们在束河古镇随便散步,去赴别的朋友的午餐约会,在青龙河边随意要杯云南咖啡,配上一小块黑森林蛋糕。附近酒吧里的歌手唱着流行歌,随便听几句就让人出神,哪怕是再俗的歌。整个丽江像个大舞台,或者说像个大咖啡馆，到处都是风景，到处都是丽人和长得精神的帅哥哥。小伙子们都长得那么精神，闺蜜打趣说他们都是我喜欢的"异族风情"，我反驳她"那也比CBD里的'装在套子里的人'强"。归根结底，我就是喜欢淳朴的人，就是喜欢原生态的狂野的美、低碳环保、野性未驯的那种。

几天后我们去了大理，那里又是另一番风味。旅客是比丽江的少多了。在大理著名的酒吧一条街，我和闺蜜一直在喝果汁喝咖啡，无所事事地看街边的人。在这里我看到了此次旅途中最帅的一个小伙子，也就十五六岁大吧，穿着黑色的T恤和迷彩裤，脏辫儿，带一条牙买加项链，整个人就像一个小鲍勃·马利，特别可爱。这可能就是旅行的意义吧，什么都可以让人开心，只要让我们看到心动的人或者风景，哪怕是天气。

半夜我随朋友出去喝酒，闺蜜留在客栈，她说不想动，就想一个人安静地喝喝茶、发发呆。

我喝到一半，就提前回来了。夜色如水，石子路上只我一人。我跑啊跑啊，差点跑过了我住的客栈。我回来了，她还没睡，正在玩Gmail的Buzz。关了电脑脱衣躺下，聊到最近的时事"钓鱼岛事件",聊起我们共同认识的一个人。两个人都急了,因为那个家伙话里话外说"钓鱼岛是日本的",闺蜜说此人是"日本穷二代",特别想进入上层社会。"干脆我们起来看看他最近在微博上写了什么吧!"一声响应,两个人穿衣起床,来到楼道,打开笔记本电脑,两人边看边骂。不过瘾,又打开"FT中文网"找他的专栏,闺蜜干脆自己写了篇文章骂他。

这次旅行真的挺好的,我们俩头一回,一次架都没吵。

长安，长安

小时候，就很喜欢李白的一首《长相思》。"长相思，在长安。络纬秋啼金井阑，微霜凄凄簟色寒。孤灯不明思欲绝，卷帷望月空长叹。美人如花隔云端……"

有许多次，都可以来西安。但一直没来。刚写诗的时候，我有几个好朋友在西北大学读书，他们热情地邀请我来西安玩，只是那时候没钱。当我终于来到西安时，他们早就毕业，四散在各方。当年写诗小团体里的成员，也没剩下几个在坚持写诗了。

但我写诗的师傅伊沙还在。他的网名叫"长安伊沙"。他写过长诗《唐》。他现在在办一个"长安诗歌节"，已经办了二十五届，我来了，他们特意为我办了第二十六届。

长安诗歌节非常严肃。先是由西安的诗人们读自己近期创作的三首诗,每人读完后大家会现场进行评论。客人安排在中间读,然后再由当地诗人压轴。第一次参加长安诗歌节,看到每个诗人读完诗后现场激烈评论的情景,我不禁有点害怕,压力甚大,尤其是安排我在唐欣之后读。唐欣的诗写得好,这不用说了,他的男中音一出腔就博得满堂喝彩,我在佩服之余也不禁为之后自己的诗歌朗读忐忑起来。幸好,我读完诗后,秦巴子和伊沙都赞赏有加,这才放松下来。我羡慕他们,在这个时代,还能经常聚在一起,朗读和点评诗歌,还能互相交流文学。

这次来西安,要完成一个夙愿:去我的诗友李傻傻和西毒何殇曾上过学的西北大学走一走。那时我的李傻傻在这里上学,那时候我们都不写小说,只写诗。那时候我老给他打电话倾诉,读自己刚写的诗,每次都聊得很尽兴。有一次,接电话的人听起来很陌生,我问你是谁,他说他是李傻傻。我说不可能,他不是这个声音。他解释了半天,我才知道,原来以前都是别人接的电话。不知道是他宿舍里的哪位兄弟如此诗意,愿意听一个刚刚写诗的小诗人不厌其烦地谈论诗歌……

2011年，西安，参加"长安诗歌节"留影。左起朱剑、秦巴子、伊沙、春树、西毒何殇

我与诗人朱剑在夏夜来到西北大学。西北大学有些系已经搬到了新校区。我们一路打听着,来到他们当年上过学的6号宿舍楼。现在是暑假期间,学校路上的路灯几乎都关了,整条路黑乎乎的,只能看到模糊的树影及被树叶遮盖住的天空。我们一路走着,觉得这样也很浪漫。就像去演一部电影,或者写一首诗。

终于来到那栋宿舍楼,找到了他们曾经住过的宿舍,正在粉刷,为迎接新生做准备。

他们虽然毕业了,但当年写诗、论诗的气场还在。

从我们身边穿过,走进宿舍楼的年轻男生,每一个看上去都像当年的李傻傻和西毒何殇。突然想起来,还有一个原来写诗的诗友也在西北大学上过学,他现在在做房地产广告。

我们慢慢踱步走出校园。来寻访当年诗友的故居这件事让我再次确认,无论想做什么,都应该及时、即时地去做的道理。如果当年我来了,我们就可以立刻开始谈论诗歌。而现在,最多只是回忆一下当年的热情。

朱剑那几天一直陪我玩,他还带我上了城墙。我们一人租了一辆自行车,骑车绕城墙一周。天热,很快就汗流浃背。但这是一件有意义的事儿。

我一个朋友还特意托了她父亲，陪我逛碑林。她父亲是书法家，一直在为我讲解。这是我第一次进碑林，感受没那么强烈。后来想起来，才发现是自己不了解书法，不懂得它的好。

其实我不在西安，我在长安。我在李白杜甫生活过的城里，走在城墙里，昏黄的灯光映下来，把影子拖长，我是唐朝的诗人。白天，总能在护城河各处听到此起彼伏的吼秦腔的人们。每每听到，都令我神情恍惚一阵子，不知今夕何夕。这座城市很厚重，住在这里，不自觉就会浮想联翩。

朋友说，再多喝点黄酒吧，就更能找到在唐朝的感觉了……当"秋风生渭水，落叶满长安"的时候，我会再来一次。

大概在半年后，我收到朱剑寄来的诗集《陀螺》。伊沙称朱剑是短诗之王，我收到他的诗集后，一口气读完，读得那叫一个痛快淋漓。每首诗都好看，一本诗集读下来更是享受。其中有些诗我已经在网上或者别的地方读到过，本书同名诗篇《陀螺》，我在"长安诗歌节"上听朱剑本人读过。这居然是朱剑出的第一本诗集，怪不得伊沙在前言里第一句就大喊：朱剑终于出诗集了！

青春的保定

几年前,应哥们儿的邀约,去保定看摇滚音乐节。实际上,我是看人去的。或者说,看景。别说,我觉得离开北京哪儿都好玩,不说长待,只是短途旅行,走哪儿看哪儿,不是挺好的嘛。

我就喜欢小地方,淳朴。我觉得保定就比北京好,干净,舒服,马路还宽。

那天晚上的演出其实挺一般的,演出前还停电了一个小时,我们就趁机出去溜达了下。演出场所前永远是等着开场的孩子们,我怎么觉得他们也比北京的观众顺眼?上回在13Club见到的石家庄小朋克也来了,带着他的乐队Rustic,他们的打扮"很Joyside",穿着白色短袖衬衫和红色紧身裤,还有个胖弟弟也是如此打扮,颇有喜剧效果。他们的鼓手很引人注目，应该是全场最瘦的一个吧，怎么看怎么眼熟，后来发现长得像陈冠希。他们都特有礼貌，或者说亲近，见到比他们大的就叫哥、姐，听着真顺耳。突然发现长成了姐姐，也是快事一件。

可能北京太大，没发现青春已经潮流化，在保定我从一下火车就发现眼睛特舒服，原来是因为眼前的人们都很年轻、瘦削、纯洁，我是不是有点使劲夸他们的劲头？可这是事实啊，我的审美早就被北京胡同里的大爷大妈大叔大婶弄得疲劳了，稍微发现一个有可看性的还早就学会了矜持和被艺术毒害，犹如一普通的房卖上天价，还起了个洋名，谁买啊？！

我们抽着520，兴致勃勃地看着没有空调的演出。有几个乐队还说得过去。其中有个主唱脱了上衣后身材堪称全场最佳——高大，苗条，有肌肉。最后一个上场的就是石家庄的小朋克乐队，他们翻唱了几首Joyside的歌，全都有模有样的，像《牯岭街少年杀人事件》中翻唱美国歌曲的小猫王。最后一首应该是他们写给Joyside的，真感人，旋律很好听，主唱说，"Joyside神"。每个人都有梦想和偶像嘛，我和于哲在台下都微笑着。

晚上几个人走了一路，大概有一个多小时吧，刚开始说说笑笑吃着冰棍和棒棒糖，没人说累，整条街宽大整洁没有路灯，黑暗中还开过一辆收割机。我想起来时的火车上看到外面一大片一大片黄色青色的麦田。

走出火车站，又是一大群形状各异的人，看着那些同路的有着年轻外表的年轻人迅速融入首都，我不禁想起有人说纽约是个大苹果，而北京可能就是个大炸弹，也许会炸掉你身上的纯真，可也能给你炸出棱角。

2011年的某一天，我在豆瓣上看到一个乐队的小站，发现他们就是当年我去石家庄看演出的乐队！我点开 *Poison Beauty* 这首歌，边听边回想着当年他们在舞台上的可爱的样子。

当年叫我"姐姐"的孩子们长大了，我决定下次再去看他们的现场，看看他们那时与当年有何区别。

世界抛弃我的时候,我就大喊:Music! Music!

突然决定来青岛,然后就来了。

住在北京二环以内压力太大了,到处是车水马龙,出门倒垃圾都得想想该穿什么,实在受不了。然后就想跑。前天下午刚刚跟人吵完架,在极度愤懑中,突然觉得不能在北京待着了,必须得出去几天。然后就给朋友发短信要买机票的电话,他把电话发过来,我就打电话去问,订了当晚八点五十的机票。

出门吃了顿饭,往包里装上几盘DVD和一本《呼啸山庄》,一双球鞋,几件黑、白T恤小吊带,身上还穿着国内一支朋克乐队的T恤就去了机场。以往旅游都想好要带很多东西,这回统统不带了,没必要,我得寻求精神的安宁,物质的差不多就行了。

我的朋友，退伍的青岛海军来机场接我，走的高速路，路的一侧是海，只是晚上看不到。

我们几个去了海边，突然觉得住在这样的临海城市真好，郁闷了可以来海边散步，也不至于得忧郁症。我可能没有忧郁症，而是另外一种爱激动爱冲动的病吧！

我想起那年夏天，仿佛历历在目，那时候，我在青岛……游泳，穿军装，聊理想。

在海边走过人行横道，想起几个字：佩珀军士的孤独之心俱乐部乐队。

第二天比前一天热，一起床就觉得浑身疼，肯定是走的路太多了，爬上跳下的。根本没有购物欲望，只想找个安静的地方躺躺。朋友开车带我上了山顶，那里有个小亭子，安静，古朴，我就躺在石头上听了会儿音乐，这才觉得活了过来。

朋友说"带你去一个哥们儿家玩会儿"。我们在夜市旁边的小饭馆里吃饭时，他给那个朋友打电话，结果那个男孩正好就在旁边吃饭。

他住在一幢老楼里，我们到他家之前先买了些啤酒。

很简陋的屋子,一张床,一张电脑桌。他打开电脑开始播放音乐,每一首歌都是我曾经最喜欢的歌,每一首歌我都无比熟悉,我情不自禁地跟着哼唱起来。

一直聊到凌晨四点,我才离开。

离开青岛前的那个晚上,我们去了海边散步,一直在拍照片。我想这几天是半年来最快乐的时光。总是希望无时无刻不在八大关散步,夜幕降临时有雾升起,周围的建筑和树木就笼罩上一层柔和的光。夜是多么静谧多么安详,真想多看看眼前的一切,让它停留在脑海中。

那一周完全停止了批判,只有感受,没有意识。就像那句话说的,爱摇滚的孩子不会变老,他们只会慢慢远去。

还有一句我忘了是谁说的:只要你曾经喜欢过,再次碰到就会想起。

我想

在乌鲁木齐市，网友Sleep Over一直陪着我。他特别喜欢Joyside乐队。

我记得那天晚上我们走了两个小时，从城市的一头走到另一头。他说只有一个小时。可能在走路的过程中，时间变慢了。一切都是这么新鲜有趣有活力有风情，北京比起来土死了，可能是我待的时间太长了，就像狗子说的，一个地方待了十几年没挪窝，谁也受不了。我更理解狗子了。更何况在北京的生活就是两个字：心烦。每个人都有压力，每个人都要出人头地或者忙事业，没人理解，只有孤独和虚伪。中国的大部分城市都大同小异，都没劲，只有西部有点意思。

天上蔓延着大朵大朵的云，空气里都是火辣辣的异族风情。是大盘鸡和酸奶的味道，是穿少数民族服装的妇女和留着长须、穿一身长褂的老头儿散发出的风韵。

那河水淌得湍急，声音响亮。有一段路没有路灯。我们路过一大片居民区，安静极了，只能听到河水发出的声响。它们不断在我脑中徘徊，直至彻底忘却的那一天。

我收藏起每一秒钟的情绪，留着日后再慢慢品味。太多的照片留在手机里，比如一张"6666666"的订机票的电话招贴，和一张"本人有病，本店转让"的海报。当时我们看了都哈哈大笑。

周末晨昏

太阳很晒，估计防晒霜一会儿就不顶用了，我们都戴着农民的草帽，这种帽子是用麦秆编的，小时候我还编过呢！

看见地上被人踩得稀烂的青核桃，我就想起老家有户人家家里有两棵高大的核桃树，小时候我还进去偷采过，结果被人家发现了。

到了水库才发现这里就像一个湖。除了一道大坝，两面是山，一面是草地。从草地延伸出去是一片树林。

法国女孩已经在游泳了，她没带泳衣，是穿着衣服游的。内蒙古女孩说她不会游泳，她换了泳衣在旁边晒太阳。

那道大坝很高，大概十几米。我和兔子拉着手，离着坝台有几米就开始奔跑，尽量能跳远一些。有一秒钟，我觉得时间像空白。什么声音都没有,心跳好像都停止了。然后,我就发现我沉在了水下面,我挣扎着露出脑袋,阳光瞬间照在了脸上。

我蛙泳了十分钟,然后仰泳看着天。天上开始慢慢有了云彩,大朵大朵的云彩,特别漂亮,阳光仍然慷慨,每隔几分钟出来一次。不时还有风吹过来,特别凉快。

第二次我独自跳了下去。这次比上回还刺激,没跳之前我看着下面深不见底的湖水,一阵眩晕,几乎背过气儿去。我想我没有恐高症呀?

游过泳,我与男友去森林里散了散步。沿着森林一直往上走就是那座山的山顶。不时有鸟儿叫着飞起来。他说,这是野生的鸡。我说,对,野鸡。森林里有一条小溪,要是我有诗情画意,我现在就给你朗诵唐诗"明月松间照,清泉石上流",王维的。"在山泉水清,出山泉水浊",杜甫的。

那是个类似四合院的院子,很破败,荒草长得很高。这里天气凉爽,四周围满了村里看戏的人,他们每个人都让人特舒服,整个像回到了几十年前,热情,温存,好客。戏团里的人都是村里的老人,老头老太太都有,他们唱的是河北的梆子戏，他们才是有自己爱好和内心的人，是心里守着寄托的人。

演出完，我到后台看他们卸妆，他们用的是非常简陋的卸妆液，我感到心疼，可是他们完全不在乎。

我们借住的农妇家里的桌子上放着一个相框，里面有张发黄的纸，写着某某是建国前就参加革命的军人。旁边是这个男人年轻时的照片。那么沉静，那么从容，似乎还有些忧郁，像老电影的剧照。那时候的男人怎么就长得那么好看？气质怎么就那么脱俗？他老了以后的照片仍旧是老样子，好像几十年的岁月没有给他留下任何阴影。

第二天我们再来了一遍看戏的地方，发现这是个娘娘庙，里面供着观世音，可惜她没坐在莲花宝座上，而是让人移到了一块沉木上。可能是莲花座坏了。身边还有两个坐在莲花上的侍女。白天一看，更显破败，真希望有人能出钱好好修修。娘娘庙下面有几排平房，听说原来是学校，现在村子里的孩子们都进城上学了，现在这个学校没人了。只是房子上的对联还清晰，写着"千江有水千江月，万里无云万里天"。

只有精神病才在午夜写诗

一

宁已经离开北京快一年了。我们也有快一年没有见面了。我感觉就像一个光年那么遥远。其实从地理上来说她离我并不太远，在贵州都匀的某座山里面。

前几天她打电话过来说刚买了瓶深蓝色的指甲油，颜色有点像小时候用过的墨水儿。我想起来那年我们在南方见面的时候，我也买过一瓶深蓝色的指甲油，名叫"苏联海军"。

那年我先去都匀找她。她的父亲太可爱了，他给我们讲了珍宝岛事件和毛主席诗词，那浪漫、热情、豪迈的精神让我彻底乐观起来，我们跟着电脑大声唱喜欢的朋克歌曲，在网上看老电影片段，跟她的父亲学拿枪走路。我们管他叫"毛饭"。我们一说累，他就说生活不是累而是斗争。宁还说，她家的热水器有点问题，洗澡的时候她嘟囔过一句真冷，她爸爸在厨房听见了大声斥责：革命战士怕什么冷，一不怕苦二不怕死……在我们爬山的时候，他给我们拍照，我们边爬边唱革命歌曲。

我天天穿着粉色的衣服，粉T恤粉裙子粉色马丁靴，粉色墨镜。我们走在都匀某个县城的路上，宁看着我，双手合十："我崇拜你，帕丽斯·希尔顿。"

"你可以假装我们在纽约。"我说。我与宁在一起，就像在世界上任何地方。在哪里都无所谓，只要和她在一起，我就觉得充满活力。我说什么她都能懂，并且能飞快地接下一句。我们读的书、看的电影、喜欢的衣服，甚至我们的梦想都类似。这些其实都不重要。我喜欢她是因为她是个表里如一的人。正如安·兰德在《源泉》里面描述多米尼克"纯粹""坚定"，是一个内外一致的人。

如果你也有一个这样的好朋友，你就知道我在说什么。

二

因为宁没有护照,我们去越南的计划破灭,两人打算先去阳朔再去广州。

在阳朔,我们住的那家"荷兰饭店"是外国人开的。除了饭很难吃之外,一切都让我们很满意。

我们每天醒了就分别喝一杯桔子水和香蕉奶昔。阳光明晃晃的,我们就在外面晒太阳,偶尔翻翻村上龙的《希望之国》和某位男士写的《5000美元游遍世界》。

我常常骑车带着宁去西街喝咖啡,看人,找地儿上网。负责任地说,没一个帅哥。没一个让人眼前一亮的出现在我们面前。喝咖啡的时候有个老外走过来跟我们说话,我说你找个椅子坐会儿吧,他就拉了个椅子坐了一会儿。说自己在北京上学什么的。

我们后来又认识了两个老外,美国人,一个自称是摄影师,一个自称是医生。晚上他们约我们去西街喝酒。宁穿着海军蓝的大衣,而我穿着军绿色风衣。我们都穿着紧身牛仔裤。我们可不是寻欢作乐来的,我们就是互相的快乐。《格斗俱乐部》里面那两个男人一起喝酒一起打架,我们是互相整理对方的面膜。我们喷上秘密武器——Rush香水，然后听着格斗俱乐部的mp3离开村子去县城赴约。

本来我们这几天每天唱的都是革命金曲"抬头望见北斗星""日落西山红霞飞"什么的，那晚我带着宁骑车的时候情不自禁地换歌了："美酒加咖啡，我只要喝一杯，想起了过去，又喝了第二杯……"

"只有那些来自领土幅员辽阔的国家的人才能理解我们，比如美国或者俄罗斯。"宁坐在自行车后座总结道。

"还有加拿大。"我补充道。她立刻被我逗笑了。

那些骑着自行车汗湿后背的夜晚，我们都沉浸其中，无法自拔。我们还给周围的山都起了名字，"太太乐鸡精""酷儿"什么的。

那天晚上我们和他们聊得并不太尽兴。我总是说不要初次见面就聊你的文艺爱好，这样很快你就没什么可以聊的话题了。可惜，摄影师一见面就跟我聊起了他的音乐爱好。我发现我这个人最大的问题就是喜欢推波助澜，比如一个人在我面前表现得很傻，我会给他鼓励让他继续表演下去直到我也忍受不了他的傻为止。宁表现得很直接，她不喜欢谁就一言不发一脸冷漠，不给人误会的余地和机会。

有一天下午，我们出去散步。突然发现了一座对越自卫反击战的战士的墓地。它孤零零地耸立在杂草中间。上面写着他的年龄。他牺牲的时候只有二十一岁。

到广州后，我们每天都在谈论《与青春有关的日子》。我们身体力行地穿成了电视剧中角色的样子，就像在拍续集。我们常常回想卓越死的时候那一集……我们常常谈起卓越、乔乔、李白玲和那该死的高洋，听不懂我们说话的出租车司机以为那是我们的哥们儿。

在阳朔认识的摄影师也随我们一起来了。我们给他起了个名叫瓦西里。我们在来的火车上玩成一片，躺在卧铺上抽烟，跟瓦西里手拉手，偶尔装作没听见他那絮叨的英语。睡在下铺的中年男人很羡慕我们，说我们简直把火车变成了大学宿舍，他还建议我们抽一根他的"中华"。我们没理他。结果第二天我们谁也没有烟了，他也再没提议我们抽他的"中华"了。

我们住在郭小狼家，那几天我们特别嗨，有点癫狂，每天沉浸在莫名的状态中，早出晚归，乐此不疲。我就是能把笑话导演成一个悲剧还乐在其中，边哭边抽自己那种。宁是我最忠实的伙伴，她和我一样入戏。事后我们发现，只有我们两个如此入戏。就像王朔在小说里说的一样，不但要自毁形象还要一毁再毁……我们有巨崩溃的照片为证。这都是需要勇气的啊。

瓦西里虽然不知道发生了什么，但他也表现得很高兴。宁说认识瓦西里后，她深刻地意识到想象中喜欢的文化和现实中的这种文化是两回事，就像你想象的美国跟现实中的美国也是两回事。反正自从瓦西里来了，我有什么气都向他撒了。

我们在酒吧里一杯一杯地喝着自由古巴，宁还说呢："我发现喝自由古巴不会醉。"结果我们迅速喝高。出去上厕所时，已经不叫走路了，而叫跳跃。我发现脸上因为吃螃蟹长了个包，宁掏出了个什么东西，我看了一眼，不屑又坚定地说："我有钱。"

宁说她简直不敢相信自己的耳朵，我仔细看了看，她手里拿的原来是个创可贴。

真像梦一样，皎洁的月亮、白色的地板、冰川白云。我与宁躺在酒吧旁边的网球场上，就这么一直望着天空。

我们不说话。在一起时，我们常常一言不发。我们开

始唱我们都喜欢的摇滚金曲：*The KKK Took My Baby Away*,
Red To Black…直到有人拿着手电筒把我们轰走。

瓦西里告别了我们去越南旅游了，我们则和广州当狱警的诗人朋友一起去了黄埔军校旧址纪念馆。我穿着绿军裤，宁戴着绿军帽，路人频频回头看我们。我们的歌换成了《听妈妈讲那过去的事情》和《中国人民解放军进行曲》。可惜，海军小战士们都说粤语，真让人幻灭啊！

离开广州的那一天，我们在朋友家楼下拍照。那是一座被抽干了水的冬天的游泳池。宁刚摆出流浪儿的造型，我就说："你是在那儿挺尸吗？"

"你是说尸体的尸吗？"

"难道我说的是诗意的诗吗？"

她指着旁边的草地说："我以为你说这儿挺湿的。"

最后我们紧紧拥抱了一下，彼此告别。她去坐火车，我去飞机场。飞机将我降落在陌生的南苑机场，那时宁还在回家的夜班火车上。宁！我呼吸到第一口北京冬天的空气想到的不是任何人，而是这几天一直在我身边的宁。

澳门小心情

我是怎么到了澳门呢？实际上这里面还有点不经意，起码在最开始，去澳门不是我的首选。

几天前，刚在广州开完年会，在广州东站准备过关去香港的时候，发现我的香港签证居然在2010年12月底就过期了，而我还没用过呢。当时是和澳门签证一起办的，澳门的2011年下半年才过期，办的时候也没仔细看，结果"悲剧"了。海关工作人员说，没办法，只能回北京补办签证才能放行。一不做二不休，我坐火车去了深圳，乘船来了澳门，反正从来都没踏上过澳门的土地，这是头一次来，随便转转也好，在过年前，在澳门逛一逛，给家人朋友买些年货。

在澳门的第一天晚上，我在街头随便溜达了一会儿。

这里和香港挺像，街都很窄，有些逼仄，街灯昏黄，偶尔能看到殖民地时期遗留下来的老建筑。在路上，看到一些挺可爱的小孩，穿着球鞋和帽衫，三三两两在街头漫步。我觉得在这样的城市应该也有些写青春的小说才是，比如澳门残酷青春之类。可惜逛了一圈，没看到书店，报摊倒是见到几个。

我在微博上感慨澳门的书店少，就收到了"边度有书"给我的留言，建议我去这家书店看看。从网上的介绍看来，这里售卖的书很多都与澳门的文化实况有关，也有不少欧美翻译过来的中文译本，还有许多歌手、乐队的音乐光盘可供选择。据说书店的几位店主都是亲自到欧洲和台湾地区的出版社中挑选书籍。其中一位精通法语，是一位编舞家，在香港有自己的舞蹈团。书店内还有儿童书籍及一些由澳门小型出版社出版的文化书籍出售。

兴奋的我第二天就去了这家书店，很好找，就在最热闹的议事厅喷水池前。从狭窄的楼梯上到二楼，一推开门，就看到一个舒服的沙发和四周的书架，这里还养着两只长得几乎一模一样的小猫，都是黄白色的，很可爱地蜷缩在角落里。这是家小而精致的书店，不但卖书和音像制品，还卖手工做的项链首饰，还有个小咖啡馆。书店里有几位年轻顾客，每个人都在翻手里的书，气氛知性又温馨，在澳门这样以购物和赌博为主流的城市，这样的书店就像沙漠中的绿洲一样难得。

很快，我就挑选了厚厚一摞心爱的书，什么风格都有，哲学的、音乐类的、旅行类的，当然还有村上龙刚被翻译出版的中文小说，还有两本台湾的文学杂志。

我时常在买过衣服之后买书，为的是消除物质带来的浮躁感。物质是必不可少的，但精神不可或缺，尤其是在物质生活极大满足的现在，精神食粮尤为重要。来一个陌生的地方，不只要品尝当地的美食，观察当地的风土人情，更重要的是要了解当地的文化和人文，这样才能对这个地方有个大致的了解，也算不枉来一趟。

从书店离开时，我又挑选了几件澳门当地独立小品牌设计的T恤衫和一个红蓝白编织袋材料做成的文具包，就是火车站民工们经常背的那种红蓝白编织袋。只不过袖珍了一些，价格也贵了不少。

在上海"搞艺术"

Coca来北京了。Coca又回上海了。Coca是我们认识的一位上海摄影师,他玩的是"暴力美学",永远在身上揣着四五个照相机,见到你就拍、拍、拍!有时候他还建议道:你躺上去。你站到椅子上。你爬到树上。

Coca来北京,半夜十二点到我家,我们照例开始"搞艺术":拍照。先是由他拍我,我换了好几套衣服,把家里能拍的景都用作背景了。后来他说,这样啊,我现在有个项目,是让我的朋友拍我,我给你看一下网站。于是我明白了,就是让我们当摄影师,用宝丽来相机拍一组照片,找背景拍他。当场就能看到照片,然后按顺序排号签上时间、地点、摄影师的名字,最后两个人再来张合影,然后参展。

这还真是个天才的想法。我先让他站在一张《银河系漫游指南》的海报下，张开双臂作欢迎状。然后让他躺在阳台的地毯上，头顶是一堆刚洗好还没晾干的衣服，随意一些，像在发呆或者想问题。第三张照片是去楼道里，拍他的脸和一大片斑驳脱落的墙皮。最后一张，他蹲在浴缸里，捧一盆花，旁边还放着许多草莓。

Coca在下半夜匆匆赶回北京借住的地方，第二天回了上海。几天后，我去上海，又见他，这回是去他家，拷照片，见他刚出生没多久的小儿子。Coca在我去之前，就已经先在微博上贴了两张当天拍的照片，以示欢迎。我给他发了一条短信：等我来了再贴。他没理我，估计生气了。一般情况下，他拍下来照片后，就握有生杀大权，尤其是对于一些比较雷的照片，他肯定觉得这是最有生命力的作品。我和甘鹏一起去的，甘鹏也超喜欢拍照，Coca给我们又拍了几张。还没怎么聊，一个短信过来了。上海另一位摄影师郑阳问：你们到底还过不过来了？我一看表，坏了。都十二点了，怎么又十二点了？说好十点去郑阳家玩，结果给忘了，在上海好玩的事太多了，时间又给耽误了。

郑阳家住在一座30年代的老楼里，整个小区都是老楼，他喜欢这个调子，我则觉得半夜要是一个人走在这里，还真需要点底气。他下来接我们是因为我们如果自己找，根本就找不到。这里不是横平竖直，就连楼号都是乱的。他住的房子的楼道很漂亮，地砖都是拼色的，老木头的扶手，像我原来去过的巴黎的老房子。进了他家，更像是掉进了兔子洞，一切家具都是老家具，黑胶唱片正放着音乐，到处是混搭的美学，几个十字架和两张痛仰乐队的海报。更好玩的是，有一只雪白的大猫和另一只雪白的、像是刚生下来的小猫。我们坐在他家的地毯上聊天，喝着白兰地。没聊一会儿，大家都饿了。我和甘鹏要去路边吃小馄饨，郑阳说太饿，要去吃茶餐厅。出门后，甘鹏顺便把郑阳家里的一只海豚造型的气球拎走了。在楼梯上，郑阳就开始拍我们，从楼梯开始，拍到院里，再拍到街上，我们到达茶餐厅的速度无比慢，一到就发现人家关门了，也许就是因为我们搞了一路的"艺术"。还不得不说，上海就是有得拍啊。

给颜歌的信

我好久没给人写过纯抒情的信了。你的信让我一下子想起了些什么,至少,让我回忆起当初××对我的热情表达——说一千道一万,那爱起码是真的。值得尊重的。

哈,现在是另一天了。今天晚上也下雨了。我现在对下雨这件事比较敏感。

第一次见面是在鲁院吧,当时就觉得你很直爽,不像别的写小说的女的那么迂回。这就是气味相投。迂回的喜欢迂回的,直爽的喜欢直爽的。

这次见你更喜欢了。真没想到你是这么一个喜欢读书的女孩。你看的书都这么严肃,你像一个真正的"真"女孩。哈,我已经在别人面前夸过你了。给你写信就不知道该如何夸了。只能说我们在一起的时候,我感觉很舒服。并且能学到很多东西。我们以后经常给对方推荐自己看的书吧，这样多互补啊。我经常看的都是些乱七八糟的东西，有时候它们会让我莫名感动。更多的时候，我从中看到了自己无法过的另一种生活。

你说你还有些经历没有与我说，并且说有时候感觉自己就是为了受苦来到这个世界的。其实有些经历，你可以慢慢对我说，哈，你也不是为了受苦来到这个世界的，你是为了看日升日落、星沉星起而来到这个世界的。

还有啊，总有些温暖的。

我就想着什么时候去成都与你生活几天。以前去成都都是有事，这次肯定感觉不一样。

人本质上都多么孤独。至少看到几个同类，会觉得稍微温暖起来一些。

今天晚上，我发现适合听罗大佑……我在听《倾城之雨》。

Part 4

-

燃烧的夜晚

情迷游泳池

电影《游泳池》讲的是一位脾气古怪、其貌不扬的中年女作家的故事。她与出版商陷入恋情后有些苦闷，她的情人便把他在法国乡下的别墅借给她，让她去散散心。那间别墅很美，并有一个不小的内外游泳池。在这个空空荡荡的别墅中，很明显，她很寂寞。几天后，出版商正处于青春期的女儿不期而至。那个艳丽的身段娇好的女孩很喜欢游泳，她常常一个人下午在清澄的游泳池里展露她美好的身材，像一个精灵。其实这是一部有些惊悚的电影，后半部讲的都是她们联手杀了一个人，如何处理这具尸体。游泳池在里面起了决定性的作用。至今我都记得摄像师把游泳池处理得碧波荡漾，上面飘浮着几片枯黄落叶所散发出的暗自惊心感。

我也是个对游泳入迷的人。北京的冬天寒冷、干燥，出门去游泳要自我斗争好久。终于我出了门，去了距家最近的游泳馆。

在更衣室，一个女孩吸引了我的视线，她的脖颈之前有半圈流线形的纹身，与她白皙的皮肤形成强烈对比，诱人而神秘。我在洗澡的时候，她正在穿衣服，当我披着浴巾出来时，她已经穿上了克莱因蓝色的长袖衫和深色裤子，正在穿鞋，是一双棕色的平底长靴。她的穿衣风格与我想象的一样，朴实又带有艺术气质，很有中性美，让我一下子想到了我最好的朋友的穿衣风格。我一边用余光关注着她一边穿自己的衣服，蓝色牛仔裤、黑色羊毛衫、彩色袜子和一双灰色的短靴。"我也应该和她想象中的我一个样子吧。"我边穿衣服边想，突然变成了一个青春期前的小女孩，很有种微妙的心理，既希望对方关注自己，又希望她并没有发现我的存在。

想起有许多次，我都被许多人的侧面或者局部打动，比如一张看起来完美无缺的侧脸、苗条秀丽的小腿或者是一缕秀发。我紧紧盯着它们，又假装并没有关注它们，不希望被它们的主人发现。但当我看到全部后，大部分时候我都非常失望，这些整体并不像它们的局部那么迷人，甚至丧失了全部魅力。有时候，看到了整体，就会发现局部的美不但不重要，反而让人更为此感觉遗憾。因为美不在于局部，在于整体，在于比例，更在于流畅的整体感觉，也许单看某一个局部并不美，但它们组合起来却非常动人。比如舒淇，单看她的五官，并不会觉得很美，但她的整张脸却非常美。

我突然觉得买衣服也是如此，没有人会因为一件丑陋的衣服上的扣子很美而买下这件衣服，除非你的钱也太多了或者只想要这扣子。我突然又想起了维纳斯的故事，就是那被砍下玉臂的维纳斯雕像。

但求速死，以便重生

昨天晚上去看了Peaches的现场演出，整整一个半小时都沉浸在兴奋里，衣服都热湿了。久违的现场的满足感。兔子问我，你喜欢这场演出吗？我说，喜欢。

在我二十岁以前，每个礼拜我都会看一场这样的演出，每次都心满意足。那时候大家不会穿高跟鞋看现场。那时候我看的都是朋克或者重型音乐。这几年听的英式和流行也太多了，它只会安慰你的心情却无力让你发泄。真正要发泄，要激情，听朋克！听重金属！听说唱都可以，但是千万不要听爵士或者流行。可能后两者会让你在心情忧伤的时候感到些安慰，但，这并非解决之道。要想快、准、狠，只能听摇滚！

写这些的时候，我在听好久没有听过的Rage Against

The Machine（暴力反抗机器乐队）。不可否认，长大后，审美会更容易流俗，不管是服装还是音乐品味，都比我十七岁的时候下降了！真是可悲啊！只有先锋派才值得尊敬，只有激进的音乐才能让人感悟，只有充满激情的生活才值得去过，否则不如去死。

不要迷恋哥,哥只是个传说

这几天北京的倒春寒很严重,晚上的温度一下子降到了一度左右。我很快感冒了。我买了可乐和零食,坐在床上,打算好好看一遍《24小时》第八季。

之前每一季的观看都给我留下了深刻的印象。熟悉这部美剧的人都知道,这是FOX打造的史上最刺激、最精良、最完美的电视连续剧,故事围绕着主角杰克·鲍尔(Jack Bauer)与反恐局(CTU)对抗在美国本土发动袭击的恐怖分子展开。此外反恐局内部复杂纷纭的人事关系、杰克和另外几名主角的个人生活,以及国家权力核心的政治斗争也是故事的主线。

这部电视剧最独特的是,它以"实时"进行。每一季只讲述某一天的故事,而每一集描述这一天内每个小时发生的事件，一季的二十四集就涵盖了一天的时间。

几乎所有在现实里与美国不对付的国家都在这部电视剧里当过美国的敌人。比如中东、俄罗斯、德国和中国。美国人的意识形态并非像我们平时理解的那样宽容。我特别想建议一下：能不能找几个会说普通话的人来演中国人？好歹也是一部制作精良的电视剧，好歹你们在中国还有不少的影迷呢。至少我们影视作品里的美国人不会说一口来自偏远山区口音浓重得就连美国人都听不懂的英语吧？

喜欢看《24小时》是因为它惊险、刺激，分分钟都有危险，每个人都有自己的"过去"。能够出现在这部电视剧中的人物，无论正反派，都是"人才"。否则他们没有资格出现在这里面。这种优胜劣汰的丛林法则，在美国这个号称资本主义头牌国家的社会中尤其凸显出来。首当其冲的是男主角杰克。他并不是一个传统印象中的特工，而是一个不按常规办事、果敢决断、做事绝不拖泥带水的叛逆者。他工作能力超强，思维缜密，但他的感情极其失败（因为他特殊的工作及他的性格缺陷），观众在崇敬他的同时，也难免会对他产生一丝同情。谁不曾经把自己想象成英雄？谁忍心看到英雄的眼泪？也许正是因为观众知道，想要做特殊的事情，就很难维持正常的生活,所以杰克变成了观众们近在身边的朋友、哥们儿和偶像。

《24小时》里出现频率较高的台词是:"我们的(你的)时间不多了。""证据是什么?(你怎么证明这件事?)""我可以再坚持一下。"这样的台词很现实和理性,绝对不啰唆,很适合我这种感性多于理性的人看。当然,在每季里面出现频率最高的就是"你到底是谁?"这个问题了。"你是谁?"——每个人都有自己的过去。那么,你到底是为了谁服务?到底目的何在?剥茧抽丝是杰克的本能。不是所有的人最后都能把秘密说出来,但是"线索只有一条,真相只有一个",这部电视剧讲的就是如何追踪到真相。永远都是杰克·鲍尔一个人冲在最前方,面对着不知是敌是友的同事,面对着无能的领导,面对着不择手段的敌人。他的孤独那么明显,他是精英中的精英,他是悲情英雄,他更是一个有血有肉的男人,在失去一切至爱后,他仍然要去面对,一个人的寂寞。

俄罗斯80后

前几天，我在北京参加了一个"中俄青年文学之夜"的活动，认识了几个同龄的80后俄罗斯作家。几天后的一个晚上，我去他们住的宾馆找他们玩，我们边喝着他们从俄罗斯带来的伏特加边用英语聊天。他们看起来比参加活动时放松多了。他们纷纷问我关于中国作家、中国年轻人、中国社会等等的问题，其中一个问题是1984年出生的男作家瓦列里·别切伊金问的："为什么我没有看到中国年轻人染绿头发？为什么他们看起来都是一个样子？那么相似？"

这个问题一下子把我噎住了。我说，我原来就染过绿头发。不但如此，北京各种风格的乐队应有尽有，朋克、说唱、重金属、电子、迷幻……最后我告诉他们，因为你们没有去对地方。来参加文学之夜的文学爱好者又同时是摇滚乐爱好者的人，几乎没有吧？在中国的主流观念里面，好像染绿头发、红头发就都不是好人似的，就没有资格喜欢文学似的。实际上，文学与音乐都是艺术，完全应该交流和共融。

我问他，你是共产主义者吗？他露出惊讶的表情，说，他不是，但他的奶奶是一个坚定的共产主义者。

我们又谈到了各自的阅读。中国老一辈作家和文学爱好者们对苏联文学和苏联作家们推崇备至，而新一代俄罗斯青年作家们则表示，他们不想背负那么大的压力，文学除了吸收经典文化外，还应该向前看。

在交流上面，语言的确是个问题，我们都不会说彼此的母语，只能通过英语交流。不过，我能明显地感觉到，中国年轻作家和俄罗斯年轻作家有许多共性。

舞遍全球

我喜欢天才，无论他是逆境中的天才还是一帆风顺的天才，无论他是出生在中国农村还是出生在美国纽约。我要承认，我更喜欢逆境中的天才，我更喜欢那些出身贫寒自我奋斗的人。这也许正如那句"王侯将相，宁有种乎？"我知道环境对一个人的影响，更知道要想达成理想所必须付出的努力。如果生活在一个与自己的理想格格不入的环境，心有理想的人该怎么做？

奋斗一定是苦痛的，然而为了理想，再苦也是甜。电影 Mao's Last Dancer，一个讲述天才的芭蕾舞者复杂的人生经历的故事。这与几十年前的意识形态有关，更与一个人的国籍属性和选择之中所要涉及的信仰、道德、自由有关。这是部根据真人真事改编的电影。当年，电影的主人公李存信决定留在美国，掀起了中美外交上的一场轩然大波。这部电影是根据作者的自传体小说改编的，小说中文译名为《舞遍全球》。

电影中的一场对白引起了我的兴趣。李存信刚来美国的时候，他的舞蹈老师给他买了许多衣服，他拎着那些衣服生气地质问老师："你知道买这些衣服的钱相当于多少人民币吗?!"中国和美国在生活条件上的差异令他无法安心地去穿它们，在老师的安慰和答应这些衣服只是借给他在美国期间穿的承诺下，他才勉强地穿上了那些美式风格的衣服。

"或许摩登青年的冷静超然态度，还比不上外国研究家，亦未可知。在他的胸膛中，隐藏着一种或不止乎一种顽强的苦闷的挣扎。在他的理想之中国与现实之中国，二者之间有一种矛盾。在他的原始的祖系自尊心理与一时的倾慕外族心理，二者之间尤有更有力之矛盾。"林语堂在《吾国与吾民》里面说过这样的话。

而接下来，李存信慢慢适应了美国生活，对芭蕾舞团里团员的高超技术更是叹为观止，在美国他能见到许多舞蹈界名人，包括他最崇拜的巴里什尼科夫，收获很多艺术体验。而这些，都是当年中国所无法给予他的。同时，影片也讲述了他在美国的爱情故事,为接下来他能够留在美国埋下了伏笔。在电影和书里面,他都没有详细地解释为何当年突然决定留在美国,不惜以"叛逃者"的名义。他的自私也是显而易见的,在那个年代,他贸然留在美国意味着国家失去了一个人才,更意味着给他的家人、他在中国的舞蹈团和一直帮助他、支持他的美国芭蕾舞老师带来麻烦。这是命运的偶然性,更是命运的必然性。

电影少不了回顾他的童年,贫穷但是美丽的青岛农村,写满口号的墙,朝夕相处的舞蹈团团员们,帮助过他的老师,被录像带上俄罗斯顶尖芭蕾舞演员的表演深深震撼及之后深夜刻苦练功的他……有一个镜头刺伤了我,那是他决定留在美国的前一天,他和他的美国女朋友在海边散步,曾拒绝穿美国衣服的他,身上穿着一件有着很大Logo的著名休闲装。显然,至少在外表上,他与美国青年已经没什么不同了。

结尾还算是光明和温暖的。中国慢慢开放了,李存信的父母来美国看他表演,他带着同样是芭蕾舞演员的妻子回老家探亲。曾帮助过他的陈老师喃喃地说:"这几年都在梦到你跳舞。"李存信说,好。然后拉着妻子兼搭档,在院子里跳起来……

是**舞遍全球**还是**扎根中国**？这是一个问题。在这个问题面前，也许不需要立刻做出选择，但思索它，却是十分必要的。即使我们，普通的观众和读者，还没有到面对如此复杂却需要明确立场的问题的时刻。

Part 5

-

缪斯本色

全球化的青春

　　最近老和一个美国男孩玩,他为了爱情来到中国,经历了激情和心碎,现在很快就要回国了。我能跟他成为朋友的主要原因是某些时候我们非常相像。比如一见面彼此智商就直线下降,直接掉到幼儿园的水平。我们在一起无拘无束,天真无邪,以前没想到我的性格和美国人的几乎没什么区别。当然,他们的表达方式还是比亚洲人要直接明快。我从他那里学到的就是有什么想法直接说,而且保有自己的底线。国人现在已经比外国人开放了,就是有时候连底线都拿掉了。我经常劝身边的朋友多交几个同龄的外国好友,除了可以学英文外,还能享受到像电影里一样的简单的青春,没有人际关系的鸡零狗碎,大家就是喝啤酒看电影消磨时间,或许还可以变得更爱国呢——爱都是要有对比的。

你这么抒情不觉得可耻吗？

某天坐车路过夜晚的楼群，90年代的建筑风格，板楼，十几层吧，几座楼组成一个小区，相隔距离不远不近的。有的窗户里透出灯光，令我浮想联翩。我仍然如此习惯这种建筑风格，甚至迷恋。那是新中国成立后开始建设的"新北京"，从复兴门往西，五棵松往东，蓝靛厂往南，长安街往北的那一带。那是我们曾经分别生活过的地方。

我想已经和长安西街隔绝良久，久得我再次站立在长安街上只有惆怅。

冬天的夜晚。公主坟。海军大院。拍了两张照片。晚上看到的军队大院都是空荡荡的，让人无所依傍。然后便手脚冰凉。还是觉得是上天让我认识了你，这真是个礼物，不是么？我做不了预示未来的梦，只是"我的寂寞感动了天空"（棉棉语），于是它让我认识了你。即使我们仍然是走在各自路上的两个人，还是可以在同一条街上散步的。

归属感么，怎么才能有？你的眼神总是那么坚定，即使是装的，可我的总是那么彷徨。

可我还想说没事，不用担心我，你一眼就能看到我心底，而我是早已被祝福了的。

今天下午在万寿路邮局前等人的时候看到路边停着一辆海军的军车，车里坐着一位穿白色海军军装的战士。还能想起这些吗，你们？

买书者

我很喜欢在上海逛书店。位于地铁内的"季风书园"是我每到上海必逛的一站。印象里，成年之后许多外国经典文学和人物传记，都是我从这家书店买了之后用旅行箱辛辛苦苦带回北京的。北京并不是一个买书的好城市。这个城市太大，太乱，太没有规划。往往是每次出门只能去一站，没办法一次把所有要买的物品买齐。三联书店太学术化，气氛比较压抑。"光合作用"又太过通俗，大部分都是些通俗作品，还分楼上楼下，要逛遍整间书店相当费体力。有些书常常是在上海的书店里买到之后，北京的书店才刚刚上市。

"我们不要看那么多书，我们应该写书。"

把时间都用来看别人的作品，说穿了是种意淫与懒惰。

"我不想再看书了，我看过的书已经够多了。"我们每个人都抱着一摞书走向结账台，对自己心存不满，觉得自己越来越像个读者而非作者。

结完账，出于某种我们都无法了解的心理，又把整个书店都逛了一遍。结果又一人买了一本书。果酱买的是《神保町书虫》，副标题是"爱书狂的东京古书街朝圣之旅"。这本书太讲究了，设计得很细致，还配了许多草图。我买了一本《书店的灯光》，这是一位美国爱书者写的书，关于书店的回忆，也涉及书与书店的历史。作为一个爱书人，我对这本书完全没有抵抗力。

就在我们要离开前，我突然又发现了另外一本书，它就放在我们所买的书的正中间。这本书有关于书房的设计，书房的灯光。这真让人心动啊。难道我们不应该好好设计一下我们的书房，让它物尽其用、优雅又具有个人特色吗？但我们买得太多了，此时已经没有购书的冲动了。

我们几乎是一步三回头地离开了，每个人都有至少一本想买的书没有买。

"书太贵了，但比起衣服来还是便宜的。"

"我们不都买过许多从来没再穿过的衣服吗？难道我们不能买些以后不会再读的书吗？"

"你不把衣服穿出去别人就不知道你的坏品味。但把那么多烂书放在家里,实在太没品了。你应该看看我们家垫桌脚的那些书。"

"哈哈哈哈。"

眼影与香水

有段时间,我很喜欢彩色眼影,曾将五种不同的颜色——天蓝色、艳粉色、淡绿色、紫罗兰色和明黄色同时使用,效果就像一道彩虹。

那会儿Myspace网站上有许多喜欢音乐和打扮的小孩,其中有个男孩就喜欢化各种不同的眼妆。他让我大开眼界,那么多不同颜色的眼影化在一个男孩的眼睛上丝毫不觉得突兀,只觉得纯洁而可爱,眼花缭乱惊喜不已。

有一次,一个做IT的人请我吃饭,我涂着五种颜色的眼影去见他,后来他再也没有约过我。

玩味颜色总是让我开心,尤其是在情绪需要释放和表达的时候。单块的彩色眼影,我喜欢植村秀,它的色彩选择很多,颜色很正,它们整整齐齐地摆放在商场的柜台上,就像小时候画画用的水粉，让我忍不住想一试再试。植村秀去世的时候，我还想到了这一块块的眼影。

香水，是另一种解压方法。我最喜欢的就是各种各样的味道。小学的时候，同班的男孩打碎了妈妈的香水瓶，他的书包几天都持续散发着玫瑰香水的味道，那么香甜。我们对香水知之甚少，但这不妨碍班上的女生一直在猜，这香水叫什么名字，它的瓶子是什么样子，在哪里能够买到……Jo Malone的玫瑰香水就让我情不自禁地想到当年班上那甜甜的、浓郁的香水味。

在管理极其严格而缺乏个性的高中，英语老师是位很与众不同的女性。她极白，极瘦，头发极短，染成淡金色。每次给我们留下最深印象的，还是她边走边读英语课文时从身上散发出来的一股浓烈的香水味。现在想起来，她用的应该是男士香水。她的装扮、她的姿态和她的香水，一直给我留下了深刻的印象。

香水的味道代表着记忆，代表着幻想。它不仅仅是一种味道，更是一种经历，一种想象。

想起那年在纽约的第五大道，我和闺蜜西蒙一起逛商场。在一层的化妆品柜台前，一个白发苍苍的男导购叫住我们，殷切地让我们试一下一款香水。我们当时并没有兴趣去试香水，他却热情地给我们一人两瓶试管香水，让我们回家后别忘了试试。

直到回到北京，我都一直没有打开它。后来有一天，我想起这瓶试管香水，好奇地找出来在手腕上开始试香。哪想这味道是如此优雅迷人，又有一种古典的味道，让我一闻钟情。此后的几天，我一直都在用这一小瓶试管香水。据我所知，国内的柜台没有这个牌子，于是我按着试管香水上的名字在网上搜索起来，这才发现它是大名鼎鼎的霍比格恩特（Houbigant Quelques Fleurs）。它是法国最古老的香水品牌，成立于1775年。据说在法国大革命爆发以后，玛丽皇后仓皇出逃，即便这样，在出逃之前，她还是坚持到Houbigant的店里选购了两款香水随身携带。

这个小故事一下子让我对香水的兴趣变得浓烈起来。之前一直在国内商场的柜台购买香水，买的也只是市面上有的那些，恰如有些艺术曲高和寡，那些更为独特的香水的名字也不会出现在普通的柜台上。它们有些是在国外的大商场有卖，有些是在特定的机场免税店，有些则在独立的店铺出售。

我还有喜欢送人香水的习惯，并且送的都是我喜欢的香水。我曾分别送过三位朋友同样一款阿玛尼的海洋气息香水，因为我自己特别喜欢那个味道。

有些香水我虽然还是很喜欢，却不会再买。因为它们的味道总是提醒我想起过去。那些喜怒哀乐也许我不想再回忆，就让那些过去与过去的味道一起，永远留在记忆中吧。而有些香水恰好相反，正是因为会让我回忆起过去的时光，而打算一直用下去。

从一双马丁靴开始

我和Gia今天的见面是从一双英产马丁靴开始。她从网上买了双二手的英产黑色马丁靴,从此抛弃了我们都有一双的越南产的高跟马丁靴。

北京的秋天到了,正是穿马丁靴的季节。马丁靴既结实又酷,也顺应潮流出过时尚的款式,但最好看的还是经典的英产黑色和酒红色。

Gia也同时看到了我穿的蛋青色极简亚历山大·麦昆(Alexander Mcqueen)的风衣。这是我两个月前用非常便宜的价格在纽约一家精品二手店里淘到的。

她说最近不喜欢太花的衣服了。我说我一直都不喜欢太花哨的衣服。

话说回来,天天想这些没什么意思。问题是,我就是不想让衣服打扰到我的生活，才决定让它们一步到位，再也不用为搭配烦恼。

有段时间我迷恋网络购物，给自己买了许多衣服和鞋还有香水、化妆品。总结下来，那些我一直喜欢的牌子没有让我失望，它们的版型适合我的身材，实物与图片相差不大。那些因为想占点小便宜而买的闻所未闻的杂牌，一种是收到实物发现根本不想碰它，另一种是惊喜。

有段时间我还迷上了ebay网，问题是它需要信用卡结账，有些卖家还不给中国大陆送货。我拍下了一双黑色圣罗兰靴，才花了四百多块钱，结账却花了整整两天——上个月我的信用卡就刷爆了，我必须去银行先还钱才能支付。看《维特根斯坦传》也缓解不了我因为ebay账户所产生的焦虑。

玩了几天，就对ebay没什么兴趣了，我这个没耐心的人对所有需要竞拍才能买下的东西都没什么耐性。刚开始几天还盯着出价，有几回我看中的东西在我睡觉的时候被人抢拍走了，没占着便宜确实很难受，后来就爱怎么着怎么着了，索性当这些东西不存在。

有天晚上，我陪闺蜜在离家仅仅十分钟的某国际青年旅社住了一宿，在旅社的二楼咖啡厅里，她告诉我，淘宝有个"聚划算"的团购,里面的东西都特便宜。我兴奋极了,像发现了一个新玩具,盯着看了一夜。那些奇奇怪怪的护肤品居然有上千个人买,还有那明明很丑的鞋,居然卖断货了。以前我根本没有玩过团购,我喜欢的东西在哪儿都很贵,不可能打太多折,但我也好奇,也喜欢五颜六色的便宜小玩意儿,比如彩色的杯垫、彩色的胶带纸。

听着旁边的人玩桌游,上着团购,那种漂泊感和自由感像是回到了青春期。第二天醒来结账后,再去那个公共咖啡厅吃东西,发现问题全来了。首先洗手间没手纸,其次咖啡和饭难吃得要死。没办法,只好走回家自己给自己泡了一壶咖啡。看来我是过不了苦日子了。

沟壑难填

前天我在Google+发了一条动态："忙得连买内裤的钱都没了。"话说最近真是很忙，刚跟"女杀女"乐队演过诗歌实验，又要去北大的某诗歌节读诗，很快还要为庆祝我主编的纯文学和艺术杂志《缪斯超市》办个派对等等。但这些基本都是不挣钱的事，越忙我越穷，加上前两个月一直在资本主义国家花钱，现在卡里几乎都快没钱了，快回到2001年时的饥寒交迫的境况了。有一天我取钱，发现里面只剩下六百块了，给小时工阿姨的工资都快没有了，在下一笔钱到来之前，还真得节衣缩食。其实我也很喜欢这种快要没钱的感觉，算是蛰伏期待着即将到来的突破，到时候看我怎么狠狠花钱吧——先给我们家猫们买一百袋儿皇家猫粮。

我痛恨我因为长大了所以爱上了首饰。小时候我完全不在乎什么耳环、项链或者是戒指。也乱七八糟买过许多,仅仅是买的时候有冲动,整体来说基本闲置,这些东西也很便宜,基本上是地摊货,导致我现在都不知道黄金多少钱一克或者是蒂芙尼的钻戒均价多少。逛街的时候我从来不看首饰。然而这局面却被某个被我们昵称为"马困"(即亚历山大·麦昆)的英国已故设计师给打破了。我一向喜欢他的设计,黑暗且极致。就像三岛由纪夫,可以不喜欢他的文学,但不得不承认哥们儿活得很自我、很彻底。马困的戒指一戴上就能体会到黑暗的力量和诱惑,太符合我的风格了,不能不收一个,然而最近没钱。这种看到喜欢的东西却无法据为己有的感觉太百爪挠心了,仿佛真回到了我2001年的时候——喜欢的东西都没钱买,内心充满了欲望,天天往小本子里写"我需要的N件东西",特别有种对生活的挣扎感。这种状态,特别适合写诗或者抢银行。

我太俗了,没有物质不行,尤其是突然审美打开了一点,突然觉得首饰好看了,有些国内年轻画家的画也值得收藏几张,没事儿自己也该搞搞艺术了,比如做一个什么行为艺术或者装置艺术,这可都是要花钱的啊。

已经有好长一段时间了，干的都是些不挣钱的事儿，完全是因为爱好和信仰。这些事丰富了我的人生，累积了我的经验，但还没有完全变成我的作品，更没有让我把它们变成艺术。好在现在我和"女杀女"乐队的诗歌实验开始渐入佳境，我们打算开始录音，明年出张唱片。之前我早就知道中国摇滚圈挣的钱很少，但没想到这么少，像在一些公司出版的摇滚唱片，整个乐队总共只能拿到一万块钱。即使是为了理想，这点钱也太说不过去了，完全可以说是剥削。比起来写小说还好一点，至少是单打独斗。

至于小说要怎么写下去？这点我和王朔想的一样，"与其留下注定要平庸的思想，不如留下一本生活流水账"。到最后我们都死了，后代看我们的书至少能看到当时我们写的那拨人的言谈举止和穿衣打扮，各种性情都活生生的，各种摇滚乐队和地下诗人们都一目了然，这也就可以了。拼思想拼不过哲学家，拼二三线"农业摇滚"，你们没有吧？

妇女闲聊录

"我想你！想你身上的艺术气息！"

"啊哈哈哈……"

"对了，我终于理解你喝依云矿泉水了。"

"哦？"

"是这样的，我去韩国待了一个多月，住的地方只有一个热得快和一个咖啡壶，我也不敢直接从自来水管里喝水，于是每天都去超市买矿泉水。后来我发现依云和别的牌子价格差不多，比国内便宜多了，所以我就喝依云了。就和哈根达斯在国外都是在超市里卖的一样，依云也没有那么高端化，也很平民。"

"确实，不过，你知道我现在已经到达了拿依云矿泉水洗头发的境界了吗？"她巧笑嫣然。

我一向认为她特别美,是真正的三庭五眼长得都美,年轻时是模特,还热爱艺术。就像我到哪儿都喜欢喝粥吃大葱蘸酱一样,她这么一个活色生香的大美女喝矿泉水简直是理所当然的。尽管,她跟我一样,老家也是山东的。

这次她叫我到她家,是为了让我欣赏一幅她刚买下来的画。我们现在已经上升到艺术收藏者高度了。何时我们才能变成艺术创作者,这还说不好。

此时我想起的是那个著名的女艺术家,"行为艺术之母",现年六十多岁的玛丽娜·阿布拉莫维奇。在她的行为艺术里,她用过切割、鞭挞、冷冻自己的方法,以及服用控制肌肉和心理的药物使自己晕倒,甚至躺在燃烧的火堆旁边几乎被烟熏死。此外,她美得惊人。她美,也不在意她的美。于是,她更加美得惊心动魄。那是种境界,就像"念天地之悠悠,独怆然而涕下"。

"我想当艺术家!"

"你现在不就是了吗?"

"我们现在还只是——行为艺术家。"

"哈哈哈哈哈。"

即时性与易逝性是行为艺术的精髓之一,本质上无法由摄影、录像或装置来复制。这与写作和电影是多么不同。在出版之前，作家可以千百遍地修改自己的作品，导演可以千百遍地修改剧本，而行为艺术如同生命，一次就是永恒。

她刚买下来的画太可爱了，一个小男孩和他的小猫，走在夜晚的山间。两个人的表情都是既天真又顽皮。望着那张画儿，感慨活着是美好的。这钱花得值。

她鼓励我也买一幅。我说最近没钱。

"比买一个破包值多了。不就是个包儿的价格吗？"

我吓一跳。"一点五个吧。"我说。

我从来没有花过那么多钱。哪怕在我最舍得花钱的阶段，买下那些奢侈品也是脸红心跳的。我们还是观赏点免费艺术吧。

收藏旧物

收藏旧物令人愉快，前提是有个"往宽里想——宽 house"的大宅子。我擅长从旧物中汲取灵感，比如那件从挪威二手店里买来的二战风格的军大衣，比如多年前的老磁带，还有那些剪报，都能比新的东西给我更多的灵感。筛选加吸收，再经过重组和咀嚼，就能创作出全新的艺术。就像听老歌、看老电影得到的艺术启发一样。这么想来，我可以把衣橱里那些完全没有生命力的衣服扔掉，留下那些留有个人鲜明色彩和记忆的衣服，把它们重新组装起来，使之焕发活力，它们应该常被穿着，打下穿着者的烙印。

灵感何来

刚从韩国回来的第三天，我就接到山西一个玩乐队的朋友的电话，邀请我晚上去Mao看演出。一看时间，是周四的晚上。这个时间段肯定不是重要的演出，重要演出都安排在周五和周六的晚上。Mao常有演出，许多初出茅庐的乐队都会被安排在非周末的晚上演出，来的观众也不会太多。

那天晚上，我出于友情，也出于好奇心，去看了这支名为O-TO的说唱乐队。乐队人数众多，有六个人，双主唱，两把吉他。出乎我的意料，他们的舞台效果很好，主唱有控制力，吉他的技术都过关并且范儿十足，鼓手打得也很投入，一看就是经过大量的排练。台风对于乐队来说至关重要。所有的细节都会在舞台上放大一百倍，不经意的小动作或者是无意中的错误，都会被台下的观众看得一目了然。他们后来告诉我，在山西阳泉，他们没有排练室，只好在一个乐手家里排。每个人都有工作，这次来演出是请假来的。山西阳泉是座煤城，这是一座因为煤矿而发展起来的城市。

这支乐队的成员也几乎全部都在与煤有关的单位里上班，其中鼓手还是矿工，下井的那种，也是最苦的那种。去年我曾去过一次阳泉，也正是那次，我与他们有过一面之缘。当时我的一位朋友——一位摇滚乐手，也是下井的矿工——强烈建议我到他们那里去看看，去体会一下矿工的生活。在他的帮助下，我换上矿工穿的旧棉衣棉裤，戴上安全帽，换上鞋，偷偷下过一次矿。那次经历对我震撼颇深，井下的条件恶劣，矿工们的待遇极其差，业余生活又匮乏，许多人都沾上了赌博，而我那位朋友，则通过摇滚乐来发泄他的苦闷和无奈。下矿挖煤既是他的生存手段，又是他的灵感来源。那次我离开山西阳泉，本想写点什么，却什么也没有写出来。或许正是矿工那种生活让我感到太压抑和震撼，或许因为我内心的感受已超过我的表达能力，总之，关于那里，除了留下一些照片，我没有写任何文字。

同样的事物，往往给不同的人完全不同的感受。有人因此创作出高于生活的艺术，而有人埋头于生活中无知无得。在韩国的时候,也仿佛体会到一些什么,待我想梳理时,却又瞬间溜走,仿佛不曾感受过、不曾存在过。

每次都是这样,灵感稍纵即逝,犹如捕风。

每个成年人心里都有一个肮脏的小秘密

人在长大成人的过程中,不断受到各种杂质的污染,曾经看过一篇文章,里面用了这样一个词"积重难返",让我思考了好半天。

我是那么喜欢看到初中生、高中生,而且越来越爱看他们。喜欢看他们穿着校服的身材,喜欢看他们光滑的脸和真实的表情。在我看来,他们就代表了青春。还有一类青春代言人,就是解放军。你有见过胖的解放军吗?当然发胖了的中年军官不算。解放军一直就是十八到二十二岁左右,虽然瘦但是有肌肉,穿上合体的军装,看着就朝气蓬勃。我住的胡同对面,有一个海军大院,平时只能看到几个海军战士在站岗,我常常在路过的时候盯着看他们。我看他们,他们也看我,也许互相都看出了羡慕。那相对单纯的生活,离我已经好远了。我也几乎没有主动追求过。而他们，也许在羡慕我的自由吧！

在那条熙熙攘攘的街上，走过一帮打牌的中年男女，走过摇着扇子歇息的老头老太太，只有那些年轻孩子让我心动，正如炎热的夏天吹来的一股凉风。

我已经由少女作家成长为一个女作家，长成了一个成人。我也慢慢由过去的天真烂漫变得世俗无情起来。尽管我想尽办法抵御外来的影响，终究效果甚微。我相信每一个成年人心里都藏着一个肮脏的小秘密，都有着不堪回首的记忆，都曾背叛过自己。也许在午夜梦回的时候，我们会哭，会流泪，会后悔，可时间仍然在心里蒙上了尘埃。所以我愿意尽量多看看那些让我得到净化的眼神。我曾经去过非常美的地方，人与自然关系和谐，那时候，我却无比地想念国内的朋友和那条街上来来往往的人们。我想让他们也来看看这样的美景，或许这样，就能心平气和了。

怎么样能让大家都充满善意呢？怎么样能净化一个国家的成年人呢？怎么样能让大家都感受到大自然，都有安全感呢？我正在思考这些问题。

"另"的并非一回"类"

都说另类的人渴望找到同类,但我觉得大家"另"的不是一回"类"。生活中屡次冒出怪人,奇葩,全是奇葩。奇葩们啊,我何德何能被你们当成同类啊。

在一个艺术之夜的派对上,在一张小桌子旁,我碰到一个诗人,一个英国人,他比我"还诗人",自称最后一个浪漫主义者。他说他不用电脑,用打字机写作,还掏出一个小本,给我看他用铅笔写的诗。他说,他不用钢笔。旁边几个人被他吸引住了,其中一个说想听听他写的诗。作为同样是诗人的我,不得不觉得这是个陷阱。派对哪是个读诗的地方啊,除非是诗歌派对。但这位诗人毫无畏惧,现场读了一首只有两行的短诗。哇,情何以堪啊我。

这时,我发现他戴了一条项链,定睛一看,上面挂了个移动硬盘。

"你不是不用电脑吗?"我疑惑地问他。

"但我得保存着我的作品啊。"他心安理得地回答。

这简直让我佩服,于是我们成了朋友。

和闺蜜在大理时,有天晚上我喝多了回房间踢腿做仰卧起坐,她被我折腾起来。结果我们大半夜又披衣起床到阳台上网卷人,恍惚回到了十年前我们刚认识那会儿无知者无畏的时候。那天我们上网骂的那个人,我们给他起了个名叫"男gaga"。

想起男gaga我忍不住一阵心伤,刚跟他认识的时候,并不知道他是如此这么地"gaga"。当时我还在报纸上写了篇文章夸他,只是后来发现,他是那么爱出风头,那么言不由衷,那么好名利,简直就像电视上发表成功感言的青年导师,问题就是,他还没到中年呢。我跟闺蜜说了男gaga的事,闺蜜看了一下男gaga写的文章,顿时疯了,她说从来没见过一个人能把文章写得这么自以为是并且让人看不懂的。她把男gaga写过的文章标题列了一个清单,所有智商正常的人一看就知道怎么回事了。男gaga让我想到另一个我认识的朋友,他们都是日本人,学的都是国际政治,那个朋友每回谈到历史就说自己是无政府主义者;而男gaga则不然,他擅长的是混淆概念。

认识过这些奇葩,我不得不思索为什么我就是这么吸引怪人呢?难道我也那么奇怪不成?英国诗人对我说:"我很喜欢你,尽管你有点怪。"

他居然认为我有点怪?

永远热泪盈眶

在我的长篇小说《光年之美国梦》的发布会会场,有一个读者站起来提问,如果青春逝去后我该怎么写作。她的这个问题,稍稍有点让我皱眉头。我正在琢磨该如何回答,只听见一个激昂而嘹亮的声音从后面的观众席边上传过来——"春树!我们的青春是不会逝去的!"Gia大步进场,我顿时心里一热——这就是我从青春期以来最好的朋友呀!

Gia的回答令我如虎添翼,我立马回答:"听见了吗?我们的青春是永远不会逝去的!只要你永远有激情,你就会永远年轻!"

给Gia

如果这个世界没有你

就没有一个人大肆宣传北京生活

没有一个活得洒脱的偶像

没有一个穿人造毛皮草的Star

你不像大多数女孩一样埋怨生活

你只把气撒向音乐和情人

我们这些朋友

见证了你奋斗和实现理想的过程

也明白你在遇到瓶颈时的沮丧

作为我们的大姐

你必须继续前进保持姿态

用自己的行动给后辈前进的力量

我那个一直在流浪的朋友

行者穿着汉服,穿过北京最繁华、游客最多的南锣鼓巷,穿过游客和胡同居民好奇打量他的目光,来到我的寓所和我聊天。算起来我们见面的频率不算低,上一次见面是几个月前,在他自己租的中央美院附近的房间,他给我吹了尺八,我们喝茶、聊天。这次他给我带了两盒茶,一盒是绿茶,一盒是他的朋友从英国寄来的红茶。因他知道我最近想喝点茶,说自己对茶有着些许的了解。他现在潜心研究中国文化,自然对茶也有涉及,这或许是件相辅相成的事。

我们是多年朋友,对于对方的成长与成熟都看在眼里,那些痛苦和迷惘自然也逃不过对方的视线,我们更见证了彼此成长的关键时刻。但即使作为他多年的朋友,我依然对他的成长深感兴趣,因为他身上有太多传奇之处,有太多值得书写之处。早在几年前,我就为他写过一首诗。那是2005年,我们作为诗友第一次见面,他那时并不叫"行者",而是叫另一个笔名。那天他穿着简单干净的蓝色衬衫和一条已经磨得粗糙的牛仔裤,在阳光下笑着向我走来,露出一口洁白的牙齿。那时他是一个行走各地的少年诗人,经常在不同的地方写诗,像所有的年轻诗人一样轻狂、叛逆、特立独行和冲动,也有着死死不肯放手的执着历程。然而与其他诗人不同的是,他还是独自流浪过大半个中国的少年。那天我们在西三环边上散步,他跟我讲述流浪全国的经历。那时他仅仅是一个不到十七岁的男孩,只是要到处走,他做过各种工作谋生,睡过街头、坟墓边、废弃的工厂、客栈、夜晚的森林,足迹遍布过大半个中国,还去过尼泊尔、越南等地。他那时长期用各地便宜的小饭馆里的快餐充饥,甚至是简便的白饭,饿极了时偷吃别人门前橘子树上的小橘子和庙里供奉的水果来果腹,还有沼泽地的树叶和无人区的野果。在途中,他交各种各样的朋友,喝各地的各种酒,四处奔波,四处逃离,肆意挥霍。他讲述着深夜里独自行走在未知的地方,饿着肚子在建筑工地拉砖,从"猪笼车"中跳下来逃跑,看到过大海雪山沙漠草原湖泊,注视过来来往往的过客与自己擦肩而过……我被他单纯而黑白分明的眼睛所吸引，更好奇于他的这种生活经历，这与我所经历的城市的残酷青春多么不同！同样是残酷，却像是另外一个世界上的生活。

青春再残酷也有美好的一面，写作便是他的抒情途径或是理想。当时，他在广州和东莞工厂里看到的现实的残酷及无情，让他产生了反思，他像小时候读《被侮辱与被损害的人》这本书时一样发出了疑问：为什么会有这么一个世界?！工人们一天干十几个小时，往往加班到深夜，工资却只有三百多块钱。他工作的地方有个十六七岁的小女孩怀孕后自己到厕所生产，最后经理把她开除了。他去找经理据理力争，希望把女孩留下，结果经理奚落道："你以为你是救世主吗?!"这段经历被他写在他的半自传体小说《天上大风》中。

"我那时才开始真正了解这个世界。"行者边喝着茶边对我说，"当时我一直思索，为什么这个世界是这个样子？为什么我们活得这么苦？"

"离开南方后，我去了青海，想一直走，走遍全国。那时我开始认为文化中的真善美可以改变人，必须有真正的文明的教化，才能够改变这个社会。但后来我到了北京，见了几个有名的前辈诗人和作家,我发觉自己的想法并不十分可行。"

"为什么?"我问。

"因为他们也还解决不了自己人生的诸多问题,只是专注于那种所谓的文化成就。但那并不是我想要的。我流浪了那么多年,吃了那么多苦,只是很想重新回到内心的纯净,并找到人生中美好的价值,与更多的人分享。自立立人,并非只为博取一些孤独的江湖虚名。"

2006年,这位年轻的诗人离开北京,来到石家庄的一个村子,自学哲学和社会学,决定要再度找到人生的意义。在这个过程中,他踟蹰了大半年,依然未能找到解决问题的方法,直到后来意外地读到一本关于佛学的书,他忽然意识到中国传统文化的博大。

2007年,他借住在太湖边的一个寺院。一边吹奏尺八,学习中国传统文化,一边跟着寺院里的僧人上早晚课。寺院中的老法师给他取了一个法名"妙德"。我去寺里看他,短住一个星期,也得了一个法名"妙霁"。我们的关系已由诗友变成了师兄妹。

年末,他将自己的名字改成了"行者",从此便用了这个名字，作为自己的志向。他把先前写过的数百首诗，只删剩下了四句："天地山水，疗我伤痕，给我音风，渡我隐忍。"

2008年，已经成为"行者"的他又陆续去了许多地方游历，并最终在云南束河古镇的正福草堂停留了下来，跟随他的两位师友继续潜学中国传统文化。在束河隐住的时光里，他最常做的事就是背诵古诗词、喝茶和练习尺八。夜晚的青龙桥上、九鼎龙潭边、河边的吊桥上、石莲寺、松云村竖着高大木架的晒粮场，时常会有他的足迹。我曾去看望过他，我们彼此称呼对方"妙德"和"妙霁"。

2009年后，他重新回到城市。为了生计，在朋友的介绍下，他去过一家地理旅行类的杂志社工作。他向我说起第一次去编辑部面试时，由于很少生活在城市，他居然用了二十分钟都没弄懂怎么乘坐写字楼的新式电梯，直到其后跟随着别人，才上了电梯。那段时间他常问自己："那孑然一身选择全世界流浪的自己，做到了全中国流浪又想成为一个诗人的自己，退出了诗歌圈去寻求终极真理、接触佛学又开始学习传统文化的自己，赤脚单衣初识尺八借住在寺院的自己，辗转到正福草堂着汉服喝岩茶听友人抚琴同师父习养传统文化的自己，行走于四面八方，聆听于天地山水，如今回到了城市，那曾经的人还是我吗？"

三个月后，先是他工作的杂志因为金融危机停刊，他发现即使生活节俭，还是交不起一季度的房租三千元钱。他继而在不同的机遇下尝试性地做过电视节目主持人、文化讲演、举办尺八演奏会等，甚至被一些人推为提倡中国文化的实践者。

实际上，如果他稍知变通或者妥协，生活会好过得多。然而在他看来，现在的一些高端文化，尤其是成功人士所追求的"灵修"或者是"有机生活"，不过是一种变相的奢侈品，无论是否附庸风雅，他自己并不适合去做那样的事情。比如如今流行的"禅"究竟是什么？他认为应该像是禅寺所说的"一日不作，一日不食"，先行做好自己，然后存好心，说好话，做好事，在真实的生活中修行自己。

他的生活极其简朴，住处只有书、尺八、古琴、床、两三盆植物，几乎不需要其他任何东西。他办尺八的演奏会和讲演，拒绝商业赞助，做主持人则从不问薪酬，终日闭门在房子里读书、写作、练习尺八。

陌生的朋友给他汇钱，他交过房租后，依据数年中读过的弘一大师著作，决意去行走弘一大师生平的重要足迹，借以继续积淀和检验自己。在北京住了不到一年的时间，他又离开了北京，用了一个多月时间，行遍五省四十余地，直到在厦门某山寺路边的一块碑刻上，看到一幅弘一大师的书法："种种恶逆境界，看作真实受益之处。"这句话让他心有所悟，为他的人生再度指明了一个更为清晰博大的方向。

2010年回到北京后，他将二十一岁之前流浪全国的生涯整理总结，完成了那本写了很久的半自传体小说《天上大风》。书里并没有提到他曾在北京的生活，也没有写他那个在澳门的朋友自杀的事情，更没有写到个人的感情纠葛。他说不愿意再提起那些事，那些事对他已然太过遥远，也许提起来也不会有任何人开心。他将这本书发给我看，我惊讶地发现，他的文字比起之前成熟了许多，整本书就像武侠小说一样跌宕，又是一本如实反映出现今中国年轻人生存状态的成长日记。

2010年冬，他开始学习古琴。2011年，他的身边已经聚集了一大批中国文化的爱好者。这些爱好者里什么身份的人都有，这让他逐渐对自己的信念和坚持有了更多的信心。他陆续接到更多的邀请，在包括北京大学在内的不少地方做过讲演，这锻炼了他的口才，也让他慢慢褪去了曾经的浮躁与轻狂。

着汉服、吹尺八、练古琴，这几个关键词放在谁身上都会吸引到好奇的眼光。但被他的外表所吸引的人们很快就会发现，这个身着汉服的英俊男孩并非在哗众取宠，他的身上最可贵的就是他的独立自由的人格和理想主义者的纯粹。行者的许多朋友也是由此而来的。"这个世界上竟然有这样的人?!"——这个世界上真的少有他这样坚持内心，按内心所想而活，没有被饿死、冻死、病死，并且活得自在、逍遥的人，更少有这样年轻就找到自己路的人。

他走自己的人生之路，不想为任何人和任何利益而改变自己。他对我说，相对于做一个作家或艺术家、旅行家，他更愿意做一个自立立人的行者。他早就下定决心，"可以默默无闻，可以潦倒四方，但是决不把自己作为交换的商品"。

"没有独立自由的人格，不可能有独立自由的思想。先有独立自由的思想和行动，然后才能有特立独行的人生。"我的朋友行者将这句话重复了几遍，他的脸仍像几年前我们刚认识时那么年轻、英俊，只是他的目光中比当年多了坚定,那是在多年的历练中形成的冷静的、坚韧的思维。不变的是他一直有颗赤子之心。

补记:行者现在在北京定居,以教古琴为生,他不再当居士,开始融入红尘。2018年我从德国回国后去见他,见面时他给我讲了些故人的事,对方生活轨迹有了巨大改变,榜样的转变也引发了他的改变。这变化之大、之决绝,令当时的我感慨不已。这既出乎意料又在意料之中。我与行者一起度过的美好时光仍旧美好,此篇文章依旧按原文收录,不增减,特补记。

2012，农村往事

一

春寒料峭，我的生活突发变故。父亲突然病故。一切都始料未及，然而却那么真实，无可挽回。在这种压抑痛苦的心情下，回忆起前几年的生活，竟像在看别人的生活。那些青春狂放不羁的生活，的确是值得怀念的。

回老家，站在田埂上，头顶的天空湛蓝，阵阵风吹过，想起的是许巍的"让我怎么说，我不知道……"祖祖辈辈生活过的村庄和田地，此时那么凄凉陌生。这几年，村里的年轻人都走了，去打工或去上学，村里留下的都是中老年人。这个被群山环绕的小村，至今还未通自来水，更别说暖气了。这里的冬天冷，取暖都靠自己生的炉子和烧暖的炕。不管时间如何变迁，在农村和小城镇，仍然只有一种主流的生活方式，那就是早早结婚生子，过稳定但也很乏味的生活。我竟然想到了鲁迅《故乡》中的闰土，"只是觉得苦，却又形容不出"。这样的生活方式是可以理解的：穷人折腾不起。期待着出人头地，期待着光耀门楣，难道不正是现实压力的反映吗？移民到美国的人，第一代干苦力，第二代当律师，第三代才能出诗人。我也写诗，我也自称为诗人，却忘了，自己来自这样的一个小山村，自己的血脉从来都来自这里。而在这样的土地上，生活是艰难的，出艺术家，更是难。想到这些，更觉悲哀。

以前没有想过，我能按自己的意愿生活，有很大一部分原因是父母的生活很稳固，不需要我来为家庭打根基，我只要做好自己就行了。父亲突然离世，我立刻感到了压力，从此，我要挑起父亲的担子，不仅仅为自己而活了。那青春的无所顾忌，瞬间离我而去。我忧郁了一段时间，不知如何面对这个世界。如何与这个世界和解？如何面对生死？我无法像加缪《局外人》中的主人公一样，无所谓，淡然处之。《金刚经》中写："一切有为法，如梦幻泡影，如露亦如电，应作如是观。"悟不透生死，放不下爱恨执着，我陷入迷境，犹如步入大雾，不知身在何处，亦看不到路在何方。鲁迅在《故乡》的结尾处写道："……然而我又不愿意他们因为要一气，都如我的辛苦展转而生活，也不愿意他们都如闰土的辛苦麻木而生活，也不愿意都如别人的辛苦恣睢而生活。他们应该有新的生活，为我们所未经生活过的。"

新的生活是什么样的生活？我该如何活下去？既承担我的责任，又活得像我自己？这个问题如此沉重，正如我们所生活的成人世界，少了青春期的纯粹无瑕，多了黯淡和不甘。由此，我更热爱青春，热爱暗夜里那一道闪电或是烛光。保持青春的激情，同时又摒弃青春期的虚荣和自以为是，按自己的意愿生活，无论在哪里——纽约、巴黎、北京，还是农村，这才是我想过的生活。我不想也不能重复父辈的生活模式，我还是要走自己的路。我想到的是威廉·欧内斯特·亨利的诗：

> 透过覆盖我的夜色，我看见黑暗层层叠叠
> 感谢上帝赐予我，不可征服的灵魂

从老家回来后，我又恢复到正常生活中，但又有些不正常。说正常，是作息一切如常。不再吃安眠药也能睡去。只是偶尔突然会发愣，然后茫然无措，不相信父亲真的已经走了。说不正常，是我把家里一切红色的东西都收起来了，包括红色的衣服和鞋，红色的地垫，红色的蜡烛，一切跟红色有关的都是禁忌。我是个没什么传统观念的人，也没人要求我做这些，我只是本能地感觉那红色有些刺眼，想把它们全都收起来。

我以前最爱红色，它是种象征生命力和感情的颜色，怎么会有人厌倦红色呢？我以前一直想不通，厌倦了红色，不就是厌倦了感情嘛。实际上我现在还是喜欢红色，我还是热爱生命，甚至比之前更意识到这点，我热爱生命，热爱美好的一切。然而红色让我想到幸福，我现在明明没那么幸福，于是我隔绝了红色。

青春期的时候，我和家人的关系很紧张，甚至无话可说，一说就要吵架。从成年开始，我就自己搬出去住，用欧美年轻人的独立标准来要求自己。后来，我和家人的关系变得很亲密，我常和父亲交流读书心得，他还向我借了一些政治和历史类的书去读，甚至还借给单位同事一起看，跟同事说女儿是个作家，出过书，转述给我听的时候，带着很欣慰，甚至有些得意的表情。我一直未能让父亲为我感到自豪，幸好这几年，我已经没有太让他操心了。以前每回坐飞机出国，家人也从来不用送我，他们对我很放心，或者说，因为我的世界太大了，他们感到有些陌生和恐惧吧。父亲还在当兵的时候，曾随领导一起去过俄罗斯，他一直对这个经历念念不忘。台湾自由行的旅行业务一开通，他就带着我妈妈和老战友一起去了台湾旅行，回来也是兴奋不已。我想象着他去了一个更美好的、更开阔的世界，想去哪里旅行就去哪里旅行，不再受时间和地点的束缚。

我默念着他的名字，听不到他的回答。我的一切都是他给的，他十八岁从山东的小山村里出来跟着部队当兵，奋斗到了北京，带给我们一家人幸福的生活。我能够安心写作也是因为他为这个家打了一个坚固的根基，尽管他曾经反对过我自由写作的身份，那仅仅是因为我们出生的社会环境，造就了我们不同的思维模式。他这个人太实在了，脾气急、孝顺、工作上踏实肯干，每年节假日主动要求加班的肯定是他，今年春节也不例外；生活上一直扶持着老家一大家子亲戚，老家穷，他工资不高，就靠自己节省，军人出身的人都这样——朴素。这就是我的父亲。

我想着他,一直想不完。何时才能再见?"排空驭气奔如电,升天入地求之遍。"

二

我再次回到山东老家。上次回来的时候还春寒料峭,满目都是灰黄色,这次已经是春末夏初,我们从高速公路一路走来,到处都能看到茂盛的田野。车子开到东营附近的加油站休息时,我们走下车。这时天已经快要黑了,天空是宝石蓝色,月亮已经升到了天上,空气里有一股好闻的植物香。那一刻,我恍然觉得像在美国西海岸,那次我和友人从洛杉矶开车去旧金山,途中路过一座小城市停靠休息,也仿佛是这种香味,空气里都是满满的夏天气息,欢快、躁动又令人思乡。

等到白天时,眼前的一幕幕更为动人。我们开车回小时候住过的农村,路边的树和田里的庄稼都长势喜人,再过一阵,就到了麦收季节。现在还比较轻闲,过一阵有得忙了。

已经很多年没有这么频繁地回老家了。有很长时间，老家已经成为我生命里的大背景，底色已经模糊至虚无，像打了马赛克，而那时的老家，从未像现在一样在我生命里占如此大的比重，如此鲜活。这是父母的家乡，也是我的家乡。我央求四姨帮我打开农村老家闲置的两间房子，其中一间是姥姥、姥爷住的，那时候我还在上小学；另一间新一点儿的是后来舅舅结婚以后住的。自从舅舅搬到城镇后，姥姥、姥爷年岁渐长，也随后搬进城镇，这里就空下来了。院里杂草丛生，旧屋里更是破败，结满了蜘蛛网。让我没有想到的是，当我们推开舅舅家那扇门，一进院，居然看到了一大丛正在盛开的香气袭人的粉红色月季花，就像从天而降的礼物。整个院子都被这棵花树渲染得那么生动。它开得那么浓密，那么蓬勃，没有丝毫扭捏，没有人欣赏却在兀自盛开。我们都被它的姿态打动了，甚至忘了那些夸奖的言辞。直到好一会儿，我们才想到应该剪一些花，给我爸送到坟上。父亲一生付出远远比得到要多，他从不抱怨，也不求理解。有很长时间，我都忽略了他的内心世界，那么就送他一把花吧。我们最终会殊途同归。

在舅舅家的老房子里，我居然还找到了一本上初一时写的学生日记。第一篇文章就叫《望月思乡》。童年的记忆一下子复活了,与之同时复活的还有刚刚搬到北京的我。那时我愤世嫉俗,因为城市生活的孤独和人与人之间的关系并不如农村那么真诚和简单。现在我早就不再将农村与城市二元对立来看,我知道了自己从哪里来,我会永远记住这一点。